伊沙诗集·卷五

无 题

伊沙 著

浙江文艺出版社
Zhejiang Literature & Art Publishing House

自序

　　去年误入微信中学同学圈，唯一正能量的收获是将我第一首诗的写作时间提前了四年，一位女同学晒出了我初中一年级十三岁时写的一首诗——没错，是我写的，再幼稚也是我写的！但是，提得再前，也只是加长了我的"习作期"时间。如此说来，我诗歌的"习作期"应该是1979年至1987年（竟然长达九年）。我以为，将"习作期"的"习作"拿给读者，对于一个成熟的诗人来说是极不道德的。所以，在此皇皇五卷本《伊沙诗集》中，你们将不会读到任何一首我在这个时期的"习作"，这九年只对我个人的成长有意义。

　　正如你们在我公开的文字中多次看到的那样，我将1988年以后称作我的"创作期"，这部五卷本《伊沙诗集》收录的便是我自1988年至2016年总共二十九年间创作的将近六千首长短诗作，短诗以诗选的面貌呈现，长诗尽可能地呈现。在过去的一个月里，我经历了一次繁浩、严苛、痛苦的海选，苦不堪言，终于编成这五卷自觉可以示人、可以交付时间的《伊沙诗集》。考虑到无限制超长诗《梦》既无法完整呈现，又不适宜做成一部精选本，便只好忍痛割爱了。

因此，我可以说，这五卷《伊沙诗集》加上已出和待出的三卷《梦》，便等于五十岁以前的伊沙诗歌。

在过去的一个月里，我一方面在苦选，一方面在疯写（创造了诗歌生涯里月写一百一十二首的最高纪录），心中充满了奢侈感与幸福感！充满了万千感慨与深深感恩！在上个世纪末，在我三十三岁那一年，得到过一次出版三卷本《伊沙作品集》（诗卷、散文随笔卷、中短篇小说卷各一卷）的良机；在新诗百年，在我五十岁这一年，又得到了出版五卷本《伊沙诗集》的良机，我怎能说我"命运多舛"？我怎能说我"文运不佳"？我又怎能说我"诗途多艰"？我再这么说的话是不是就太过矫情、太过浮浅了？

"你的命中总有意外！"——多年以前说这话的人正是这五卷本《伊沙诗集》的策划者与出版人沈浩波，由他创办的磨铁图书简直成了新世纪以来我最稳定的出版基地：我的长篇小说几乎全都由它出版，我编、我译的诗集也多在磨铁出版。这一次终于轮到我的诗了，一出就出五卷本！

众所周知，沈浩波是我一生的师弟、朋友、兄弟、战友、同道、知音，是中国当代最懂现代诗的少数几人之一，他不仅仅是卓越的诗人，并且是中国当代文化史上一位举足轻重的人物，在此小序中我只想说一句话：有浩波同行，我纵与千万人为敌，有何惧哉！得磨铁器重，这世界弃我如履，能奈我何！

每一次带有总结性质的编选，对于写作者自身来说都是一次洗礼与升华，何况是将自己半生心血与智慧精华全都抛出去的这一次，我此时此刻的感喟是：纵然这皇皇五卷中所呈现的作品不乏名作、佳作、力作，纵然这些诗作曾对近三十年的中国当代诗潮起到过推波助澜的作用，现在它们将褪去一切光环回到文本自身经受读者又一次的检验！

感谢多年以来不离不弃的亲爱的读者，尽管我深知在这世界上人口最多的国度里，你们只是一小撮儿！只是沧海一粟！但粟不是水分子！

我想告诉你们，即将把此五卷《伊沙诗集》交出去的感觉很怪很酷，是一种赤条条的感觉！五十岁将至，知天命之年需要的大概就是一次赤条条无牵挂的再出发！在这条绝不回头的诗途……

_伊沙_2016.04.05_于西安潇潇雨中

目录

无题_1

一片雪花天上来
压垮了大中国
神经状的电网
电网状的神经

无题_2

停水之日
家中的水龙头
自那干渴的喉咙里
发出喑哑的求救声
像是一个哑巴
向我伸出了手……

别看我浮想联翩
换作真人在面前
我又会视而不见

无题_3

嘴

记得

吻

是一份

湿湿的

凉凉的

静

无题_4

罕见之冷冬
令公园的湖面
结成厚厚的一层
坚冰

冰是水长出的牙
咬住了几条游船
船的表情
像咬住了钩的鱼

湖面上有人溜着冰
拖船而过
像拖着自己忽然长出的
鱼的尾巴

无题_5

（这是波黑战争中的画面）

敌机在机场上空下蛋
炸飞了我们的飞机

敌机在民宅上空下蛋
炸飞了我们的躯体

敌机在教堂上空下蛋
炸飞了我们的上帝

敌机在墓地上空下蛋
炸飞了我们的祖先

敌机在图书馆上空下蛋
炸飞了我们的文明

敌机在博物馆上空下蛋
炸飞了我们的记忆

（这是死难者的手写出的诗）

无题_6

我怀揣诗集来到荷兰
在鹿特丹那座二战轰炸中
唯一幸存的教堂里
我看到几位老人
在上帝的家中做客

围坐在长桌边
坐成凡·高名画《吃土豆的人》
品着咖啡侃侃而谈

他们满头燃烧的白雪
满面火焰的颜色
我对同行者——
一位来自台湾的女诗人说：

"只有一点我敢肯定
他们因为有信仰
比我们更无惧死亡"

无题_7

他在年轻时
作为劳动模范
受到过前领袖的接见
被那双温暖有力的大手握过一把
从此这块温暖便像癣一样顽固地长在手上了
他的手
老发烧

无题_8

城市吐出广场
广场吐出人群
人群吐出春天
春天吐出鲜花

在花丛后面
闪过一张奴隶的脸
一闪即逝
是邻省山西的黑砖窑
吐出来的

他正在向同盛祥泡馍馆
我预定的一张餐桌走来
餐桌边坐着我
还有两位来自京城的好人
要把一笔募捐而来的善款
交给这位二十一世纪的中国
刚被解救出来的奴隶

无题_9

黑砖窑吐出来的奴隶
白痴般坐在我身边
他讲述窑里的惨事——

"进去就打
照着头打
把人朝傻里打
先打傻了再说……"

大张着嘴
我们听着
就像在听自己的经历

无题_10

电视里

有一大队野马

在渡河

河中的鳄鱼

在集结

发起凶残的攻击

咬下一匹是一匹

野马群以一换十

大部渡过河去

在河的另一边

有茂盛的水草

"这就是时代

和我们身处的现实。"

你指着电视的

画面在讲演

令我倒吸一口凉气：

"我靠！你我二人

可都属于跑得慢的

野马呀！"

"那就只好

听天由命了！"

你继续说着

就在这时

我们共同的上司

从你背后

那深不可测的水中浮现

一跃而起

忽然张开鳄鱼的长嘴

咬断了你野马的脖子

无题_11

有一双眼睛在去年的六月
鹿特丹国际诗歌节的现场
看到最受欢迎的两位诗人
（来自两个沉重的国家）
他们后来的命运——

伊拉克诗人萨冈
生就一张忧国忧民的脸
反抗萨达姆暴政
也反对美帝国主义
他从朗诵台上走下去
走出四个月后成为死者
死在柏林的一家旅馆里

中国诗人伊沙
生就一张愤世嫉俗的脸
直写中国的现实
也揭示复杂的人性
他从朗诵台上走下去
走出八个月后成为骗子
在其祖国的人民中间

无题_12

去赴一位律师的约见
我和妻同车前往
车刚到小区门口
便摊上了一个酒鬼——

像一只光秃秃的癞蛤蟆
从自己的皮囊里蹦出来
扑在车的前盖上
声称有人打了他
所有车辆不得行

司机下去与之交涉
但是一点用都没有
不让走就是不让走
妻说："像不像你
这段日子的遭遇？"

司机去到马路边上
喊来了正在经过的警车
头戴白色钢盔的巡警
问那只充了血的蛤蟆：

"是这车上的人打了你吗？"
蛤蟆令我惊诧地回答："不是。"

车子得以前行
司机打开雨刮器
喷着水拼命地刮啊
玻璃很干净什么都没有
它是在刮着我眼帘之下满溢的污物

无题_13

城东是大厂区
那里的工人见了面
彼此喜欢问：
"下岗了没有？"

城南是学院区
那里的教师见了面
彼此喜欢问：
"娃考上了没有？"

城西是农业区
那里的农民见了面
彼此喜欢问：
"地卖掉了没有？"

城北是贫民区
那里的居民见了面
彼此喜欢问：
"娃放出来了没有？"

城下是地狱
那里的鬼儿见了面
彼此喜欢问：
"下油锅了没有？"

城上是天堂
那里的神仙见了面
彼此喜欢问：
"待腻了没有？下凡去转转？"

无题_14

第一周
报上说我是个骗子
周遭的人们
神秘兮兮地望着我笑

第二周
报上说我不是个骗子
周遭的人们
全一副很扫兴的样子

第三周
报上说我是个君子
周遭的人们
像出土的兵俑一样缄口不语

无题_15

人不是被打死的

人是被冤死的

在某一瞬间

我的心沉入

文革的黑暗

大明湖底的黑暗

汨罗江底的黑暗

五千年的黑暗

黑暗黑暗黑暗

吃人吃人吃人

人不是被打死的

是被人先涂黑了

（像抹上佐料一般）

然后再吃掉的

无题_16

怀疑主义的母亲
就像祥林嫂一样絮叨
怀疑着自家儿子
并非为她所亲生
她怀疑的不是自己的
贞洁和子宫
而是同房产妇的阴谋
抑或护士的渎职
有道是："抱错了。"

我是她倾诉的
第 N 个对象
第 N 个迫害者
但却是一名
坚决的反抗者
看她手机里那个
可疑的儿子的照片
一眼便认定："这不是
从你身上掉下来的肉
又会是谁的呢？"

她似乎被我说服
但我深深地知道
这一切只是暂时的假象
谁也无法将她阻止
她将继续絮叨下去
她的怀疑就是她的母爱

无题_17

一个八十七岁的老人
应该安享晚年
逗孙子玩

一个八十七岁的老人
还在写着诬告信
抄送国家各部门

"干着这等腌臜事
哪里还有心情
逗孙子呀？"

"更也许
他是跟孙子玩得兴起
才想起要干腌臜事！"

这是一个普普通通的中国老人

无题_18

一个职业骗子
想在愚人节这天
停工停产
歇业一天——不骗人

他被自己的这个念头
激动着——进而
生出一个得寸进尺的
想法——想说一句真话

终于他还是脱口而出了
只是在这一天铺天盖地
善意的谎言中
唯一的真话像是唯一的谎言

无题_19

中国人的天目
得从后脑勺上开

因为子弹
总是从背后打来

一声枪响
弹孔＝天目

无题_20

俏皮的小阴唇咬住了
测谎的试纸——

此为撒谎成性的女人
在愚人节这天
蹲在自家的卫生间里
所做的心血来潮的
小测验

乱了！乱了！
阴阳两性的颜色
让她不晓得：
去不去医院?
做不做人流?

无题_21

天空老得掉渣
乌鸦向春天的花园
俯冲而下
栖落在黑色的枝头
仿佛钉子钉住了
一幅画
或逗点
断句出美文

无题_22

白鹿塬上鲸鱼沟
有一大片公墓
墓地边的小土屋
住着一个老头

看墓的老头
难称"守灵人"
他压根就不相信
什么灵魂的存在
是个唯物主义者
自然也不会害怕
那并不存在的鬼
只怕他的村主任

作为村子里
地位最低下的人
老头恪守着尊卑
那些显赫的大墓
总是要花去他更多
心甘情愿的劳动

有活儿干活儿
没活儿的时候
他喜欢在前省长
高大的墓碑下
蹲成一头石狮子
有一回竟睡着了
香甜地梦见
天上的亡妻

他死的时候
没有埋进这片墓地——埋不起
就在村后的路边上
一座乱坟几星黄花

无题_23

本城在修建地铁
沿街工地遍布

地铁对一座城市来说
究竟意味着什么

我想到了一个比喻
地铁是城市的血管

修辞的使用
究竟会改变什么

我再看那穿蓝工装的民工
摇身一变成白大褂的医生

无题_24

山中的隐者
远离了市声
却并未得到
真正的宁静
溪流滚石而下
日夜轰鸣不息
原生态之摇滚
自欺欺人的
山中的隐者
再也不堪忍受
逃回城里去
变成一聋子

无题_25

山的心
竟然是
一孔泉

灵魂呢？
灵魂呢？
灵魂呢？

山头的额际
圣贤化石的足印
仿佛流放囚徒的金印

无题_26

水泥森林的京城

竟也能够开出

满街的桃花

性感的桃花

在我眼里

组成一个字：劫

泣

血

无题_27

春天在北京
在长椿街一带徘徊

我问一个老妪
天安门的去向

她刚要答复我
却被身边的老翁一把拽走了

那老翁的表情
就好像我要把他的老妪怎么着似的

那是一张典型的
中国人的拧巴脸

后来我还是走到了天安门
来到世界上最森严的广场

历史博物馆前煞有介事的倒计时牌
提醒着：奥运会尚余116天就要开幕

无题_29

我的手机丢了
我撒娇道：中国
我的手机丢了

一周以后
我就忘记了它

唯有那块未丢的
备用电池
还在痛苦地
怀念着它

因为自己的无用

无题_30

猛然发现
我近来的遭遇
与国相似

身体的条件反射
是猛然后撤一步——
是的！我要把
自个儿摘出来

摘得一干二净才好

嘴里念叨着：
"岂敢！岂敢！"
一个诗人
岂敢奢谈一心

即使一心也要二用

无题_32

我原本以为

手举火炬沿街跑

是挺傻的人

干的挺傻的事

直到发现

那个宝贝有人抢

才觉得有点意思了

有人抢的火炬

才是真正的火炬

亲爱的火炬手

你们不但要把它保护好

别让人家抢了去

还可以顺势一撩

把劫掠者的头发

点燃……

声明：

这不是中国的精神

单单是伊沙的个性

与××××××无关

无题_34

我不识陕南四月的遍野芳草
是美丽的油菜花开败之后的果实

被一个新左派的乡村知识分子耶
好一通夸张的轻蔑的嗤笑

所有在场者都不明真相
不知道这其实是一次痛快的复仇

因为此前我也曾嘲笑过人家
年纪不老却是文革样板戏的粉丝

无题_35

勉县武侯祠

满树挂乳房

是一种开得

很丰腴很性感的白花

名字叫绣球

无题_36

自汉中归来
车子从秦岭这个大肚汉的
一根肠子里钻出来
冲向一马平川的
关中平原
当长安城的轮廓
远远地在眼中浮现
我不免又一次感叹
没错——这是一座
最适宜人居的城市
这个感觉与半月前
我自京津归来车入潼关时
竟是如此一致
难怪多少年来
我会在这里住得这么踏实
这么卓有成效
长安——不但养人
还养育诗的千秋大业

无题_37

在黑暗的楼道中
一盏灯亮了

它俯身抓去了
我手上的烟卷
美美吸了两口
然后就亮了

脑神经般的钨丝
在其脑袋里起舞
像是一个天才的
舞者

无题_38

人生快事之一莫过于

坐在啤酒厂厂房前的

空地上喝生啤酒

就像叼着母牛的

奶头喝鲜奶一般

爽！两三扎下去

我等不惑中午

谈及时事

慷慨激昂成热血青年

忽然间

有人有效提醒：

"莫谈国事"

在座者

顿时噤若寒蝉

很快还原为纯正的酒鬼

无题_39

午夜过后
十字路口的电子眼
看见一个人
踉跄着从小酒馆出来
痛苦万状
仓皇闪进一辆出租车

又一个十字路口的电子眼
看见那个人
从出租车上下来
手舞足蹈
蹦蹦跳跳着回家
变成了一个乐天派

可惜的是
没有电子眼看见
一路上车内的情景
自然也无人听见
司机和乘客之间
有过怎样的一番交谈

无题_40

我在深夜看新闻

看见日本松山芭蕾舞团的老团长
在回忆他当年访华受到
毛泽东主席接见的情景
他说——毛说：
"艺术要为人民服务！"
"索嘎！"他说，"讲得太好了！大大地好啊！"

电视机前我哈哈大笑前仰后合
还好！未将熟睡中的妻儿惊扰

无题_41

这个所谓的"女诗人"
天生一副克诗相
其虐诗成癖的变态行径
完全配得上我的刻薄

无题_42

鹦鹉学舌某老外的名言
有人说在灾难面前写诗
是轻浮的
这也不对那也不对
这也不行那也不行
写也是事儿
不写也是事儿
自己都没事儿
别人都有事儿
真事儿妈呀
像那种已经绝迹的
带红箍的小脚老太
仔细想想
问题出在
写诗这么神圣的事儿
在不可雕的朽木眼中
原本就是轻浮的

无题_43

他咬住真理不松口
时刻批判着他人的政治正确
忘我得连情感正确都做不到了
通体透明的人儿
血管是塑料吸管
里头流淌着——普洱茶

无题_44

此事非同小可——
随中国足球抛弃的
肯定还有更多垃圾
譬如诗江湖上的恨
你不吃它一钱不值

无题_45

欧洲杯是一餐
美味可口的足球冰淇淋
每过四年才能吃上一次

在我美好的记忆里
每次我吃它的时刻
脑子里都在回想
我这四年过得怎样
是否空度了时光

哦！我希望自己的一生
都能被如此的刻度丈量
那便是幸福美满的人生

想一想又觉得太过奢侈
唯有默默祈愿
世界和平地球照转
人民温饱思足球
冰淇淋永远不化

无题_46

没关系的啦

你可以一如既往

把你的心捧给

你遇见的每一个人

不论男人还是女人

不论大人还是小人

只是当你

感觉要收的时候

收回来的速度

还可以再快一点

"唰"地一下

剑客自会明白

回鞘有时比拔剑

更具快感

无题_47

他要到前方的超市去
电蚊香片是今天必买的东西
在经过一个没有警察的十字路口时
身陷于滚滚车流之中
一时不知所措
其实真正的问题是出在他的脑子里
一条不知从何而来的蜥蜴
跳进了这个诗人的大脑
激发出一段高度语言化的思维：
"语言诗人如同蜥蜴
玲珑有致无足轻重
可有可无倏忽不见
一块板砖拍下去
就变成一滩血迹"

无题_48

宁静和平的晚间
我坐在客厅的沙发上看电视
妻走过来说：
"没有欧洲杯的日子看你怎么过？"
我不好意思地嘿嘿一笑
因为电视里正在上演温网决赛
纳豆和费天王正杀得你死我活
妻想看一眼另一个频道的节目
于是在遥控器上发现我与温网交替而看的
是环法自行车大赛
车轮滚滚向前法兰西江山如画
"真是个纨绔子弟啊！"妻由衷感叹道
我变得更加不好意思
其实我怕妻看穿的压根儿不是她已发现的
我怕她将真相说出："这位糙老爷们儿
纯属假冒一点不糙
知道怎么对自己好如何对自己人道"

无题_49

我的老同学

在美国混得不错

他在硅谷有份

稳定的工作

很高的收入

暑期回国

探望父母

我发现他的脸上

还是不可避免地

有着一抹漂泊者

特有的颜色

心苦的颜色

营养看似很丰富

但缺祖国这种

维生素

无题_50

青花瓷

很时尚地

出现在那位

亦步亦趋

步步紧跟的

复古派诗人笔下

作为一种紧俏的题材

打死我也不屑于跟

只是今天

我在生活中遇到它

是在吃一碗

羊肉泡馍的时候

呼啦啦

将碗中最后一点汤汁

倒入口中

那青花便静静浮现于碗底

原来这个粗瓷大碗就是啊

那还复个鸡巴古呀

无题_51

电视里的巨蟒
吐出了他吞下去的
一个人
人形尚在
人样没了
一只眼——眼珠尚在
一只眼——眼洞没了

我向身边
知识渊博的儿子请教：
"得花多长时间
人才会被消化成这个样子？"
儿子耐心地回答我说：
"只需要半个小时。"

卧室里的妻说她很喜欢
将耳朵竖成天线来偷听
客厅里的这一对男人对话
真是世界上最有趣的男人
并提醒我将此记录下来
去做世界上最有趣的诗人

无题_52

那天我散步到省公安厅门前

看见一个穿睡裙的年轻女人

在那里歇斯底里嗷嗷乱叫

赤着性感的双脚

双手各拎一只高跟拖鞋

冲着一个蹲在公安厅门前台阶上

头戴安全帽的民工模样的老男人砸去

但却并不十分用力

有一只砸中了他的安全帽

他并未愤怒

只是做出愤怒的样子

从台阶上跳将起来

飞踹这个女人

踹上了但却并不凶狠

那女人开始向连我在内的围观者哭诉

说那个男人是她的生身父亲

趁其午睡溜进了她的房间

撩开她的睡裙企图强奸她

说她的母亲真傻呀

竟然一点都不信她的话

现在不信她话的是我们这些围观者

我站在人群之中吃力地想着

怎么也想不明白

这究竟是怎么一回事

那时候正是下午下班时间

公安厅的大门里头

有许多穿警服的人昂首走出

没有一个走过来

搭理这对男女

无题_53

有两只两岁的孟加拉虎

被两名西方的动物学者

带到遥远的非洲草原

去接受野外生存技能的培训

然后放生

它们从捕猎野鸡开始学起

然后是羚羊

然后是麋鹿

然后是角马

然后是野牛

我一直期待着看到

它们面对狮子时的表现

老虎与狮子谁更厉害

是儿时遗留下来的一大问题

但是——没有想到的是

它们在面对鸵鸟时

遇到了巨大的心理障碍

并且始终难以克服

不是因为速度不及追不上

它们压根儿就不敢去追

避之不及

眼含恐惧

瑟瑟发抖

老虎变猫

动物学者一语

便说出了真谛

鸵鸟两条腿

长得最像人

无题_54

有一个人

中国人的姓

外国人的名

多年以来

一直坚持不懈

朝我邮箱里

猛灌他撰写的

或是海外媒体上

刊发的反华文章

尽管那些文章

论据确凿

论点正确

论证不乏精彩

叫我读来受益

但我还是不喜欢

这个鬼鬼祟祟

一意孤行的家伙

坚定地认为

如果他每天只干这个

那他的生命

便毫无价值可言

无题_56

你总是无法忘记：红
是这头巨兽的本色
偶尔忘乎所以
它便用一次
嗜血的抽风
提醒你

无题_57

二十年前

北京的冬天

狂风大作

我骑着一辆破单车

载着一个梦想成为歌星的青年

去拜访一位作曲家

大风刮得我找不着北

于是便走错了路

直到将那条路走穿

看到京郊荒凉的田野

二十年后

就在一个月前

我独自一人

在北京的街头暴走

忽然发现

前方拐弯之处

便是当年走穿之路

当年荒凉的田野

便是脚下宽阔的道路

以及周边林立的高楼

当年那个被我驮在车后座上的青年

后来如愿成了歌星

现在已经过气了

无题_58

古代的诗人
喜欢吟唱诗篇
自然是用其口
并用其耳听到
自个儿的声音
却道是：
"没味道！"

遂将此
无味诗稿
交与烛火
自去焚烧
于是
意外便发生了——

当火舌舔着诗稿
尝出其大好味道
用燃烧中
哗哗啵啵
的惊叫

告诉诗人的时候

为时已晚

扑救不及

所以

在中国古代

伟大的诗篇

多为烧焦的残稿

无题_59

汾河就像
太原头上的发带

更像这北方女孩
颈项上的丝巾

最像她白皙明朗
鹅蛋脸上的泪痕

初到之城仿佛故城
我的心中有大隐痛

伸出手为她拭泪
冰凌蜇了我的手

无题_60

山西之行中
有平遥古城

平遥古城中
有县衙大院

县衙大院中
有男女囚牢

男女囚牢中
有各种刑具

各种刑具中
有一匹木马

木马马背上
有一串铁钉

锈迹斑斑
乍看似血

是扎进通奸女囚
阴道里去的铁钉

让她们骑此马儿
满城各处去游街

一匹丑恶的木马
毁掉我的山西行

无题_61

参观完上诗中的木马
我连呼:"吃人!吃人!
我他妈连死的心都有!"

"不!我倒想好好地活
从现在开始
做一个好女人……"

说这话的是同行的姑娘
八零后出生之时代白领
来自江南水乡

无题_62

我梦见自己年轻时的罪孽
心中竟会是那样的痛苦

梦中的我
骑着一辆
蹬不动的自行车
要到汽笛嘹亮的火车站去
去接外出度假归来的妻儿
一个女孩（我知道她是谁）
斜刺里杀出将我追上
紧抓车把手死活不放
她的样子
楚楚可怜……

我梦见自己年轻时的罪孽
流着泪痛苦万状地醒来

无题_63

眼眶之中蓄满毒液
波光粼粼
睫毛如蛇信子般吐出
翻卷上去

毒蛇般的女人
有一颗毒蛇的心
最像蛇的是眼睛
最不像的是体形

吃人不吐骨头的女人
仔细看她瞳孔
有一百具男人的骷髅
所组成的骷髅

无题_64

一个人

从西安飞到广州

就像一只候鸟

从冬天飞到春天

在转去佛山的小车上

我像个蓄谋已久

准备下手的流氓

一直在脱衣服

车窗外鲜花盛开

路尽头云彩低垂

风和日丽好天气

让我瞬间有点担心

这个岁末的广东行

会太过平淡

仿佛温吞水

车入佛山

坐在车中我看不见

当空有朵云

已经跟上了这辆车

云上蹲着黄飞鸿

大师感受到了一团正气
继而瞄上了
我这双粗壮有力的腿
灵魂附体的事件
发生于数小时后的晚宴

无题_65

在佛山

一个信仰

基督教的诗人

欲将佛山

重新命名

成基督山

但是很快

他便发现

佛山无山

这个名字

得自一块

唐朝出土的巨石

上面刻有两个字

无题_66

一年碰上三两个
以怨报德的小人
延续着我的宿命

我乃长安的诗人
诗在岭南遇知音
打破着我的宿命

我在享受命运
在我身上建立的平衡
（这是一个完善的系统）

并且还要
感谢命运

无题_67

阿翔，1995 年
你在来信中夹寄给我刚出生的儿子一份
亨氏营养米粉的资料那时我无从知晓
你听到的世界比我寂静开口说话比我难懂

阿翔，2001 年
你在电话中冲我哇哇大叫
让我不知所措不知道该说什么
那一年我好像过得很 high 但心中并不快乐

阿翔，2006 年
你在花园般的武汉大学那散发着民国气息的讲堂
　里
用谁也听不懂的阿翔语执着地孤独地朗诵着
坐在前排的我感动得险些落泪

阿翔，2007 年
在北京鼓楼下的小酒吧里
语言的交流还是那么困难
那就干脆来上一个老朋友式的大熊抱

阿翔，2008 至 2009 年
我们在广东佛山一起度过辞旧迎新的三天
这一次我听懂你的话比以往的总和还要多出几倍
因为你有翻译了——你的爱人做了你的翻译
爱情使她成了我所见过的世上最伟大的翻译家

老友，不知你是否听懂了我的这句话——
在这老熊掰玉米的时代，什么都在丢，但别把爱
　人给丢了

无题_68

你需要独自安静上一会儿
才能够真正开始新的一年

于是便有了孑然独行在
广州大道上的两小时

于是便有了悄然独坐在
珠江边上的半小时

有此独自安静的两个半小时
也就什么都有了

仿佛想起了所有的往事
但其实什么都没想

就像往年那样
你需要的不是总结而是开始

开始，开始
不停地开始

珠江里有艘看不见的军舰
是它容不下的航空母舰

那是你的 2009 号
正缓缓驶入大海

无题_69

大年初一不写作
我很讲迷信的
怕我是个劳碌命
像亡故多年的母亲
一个完美主义者
把自个儿累死了

无题_70

以酒为念
酒鬼欲在
城堡的酒窖里
安上一个家

以毒为念
瘾君子欲在
通天塔的针管中
爬向一座天堂

以诗为念
诗人欲在
墓碑的诗集内
写出一行墓志铭

无题_71

天大旱
上一次见到雨
还是在三个月前
在异国他乡

天大旱
我以为与己无关
牙床肿胀
上颚肥厚
嘴角溃烂
麻木不仁的身体
自己意识不到
这与天气有关
空气干得一点就着
人变成了骆驼

我没有
农民对土地的情感
也没有
地主的责任心

无题_72

春节前夕
舅婆差人送来一包
她亲手打制的年糕

我一口咬下去
竟是满嘴的岁月
眼泪差点流出来

哦！母亲一去
我就再没有吃过
这香甜的味道了

这是外婆的
崇明岛的味道
这是童年的
上海滩的味道

是我肠胃的记忆中
江南标志性的味道

是那里轻骨头的骚客

写不出来的味道

属于南方逆子

胃里不变的酶

无题_73

谁说中国少教堂

每当华灯初上

那一座座灯红酒绿的

歌舞城不就是

人民的大教堂

除了信仰

它啥都能够解决

难道除了信仰

啥都不能解决

才是神圣的吗

我想起世界的某一极

我想起我们的过去

信仰的歌舞城欲望的大教堂

俗话说：必须的

无题_74

自超市购物归来的路上
无意间走在一堆刚刚下工的民工之中
这令我的脑袋瓜里
突然蹿出一个邪念——

我是不是需要走在人民中间？
我是不是需要更关怀他们一点？
以民粹主义的嘴脸浮现
似乎更容易讨到大师的头衔？

噢！多么诱人的头衔
我几乎就要做出一个伟大的决定
却又被我要关怀的人民扫了兴
那是听到一个民工在对众民工讲：

"小布什的儿子继位
当上了美国总统
他叫奥巴马
晒得特别黑"

无题_75

起初我一直呼其为"前辈"
后来就不再叫了

转折点出现在他第二遍控诉
"诗歌叫我不得好"的时刻

我眼中所见的事实是
诗给予他的好早已超过了他给予诗的好

我发现称呼的改变其实并未走脑子
是舌头自身的抉择

我的眼仿佛置身局外
冷冷地瞅着我的舌头

那活蹦在口腔之中湿润的舌头
有着蝌蚪的精灵和黄鳝的骨刺

无题_76

很多年了
我的一天
如此终结——
到儿子房间
去看看他
蹬没蹬开被子
他几乎很少
令我失望
总是光溜溜
四仰八叉
躺在床上
让我把被子
替他盖好
心满意足
带着一天中
最大的成就感
回屋睡觉

无题_77

元宵节
一个单身汉
该怎样度过这一天

下午他在露天球台上
跟同事挥拍打元宵
负多胜少

晚饭回家吃
煮了一锅乒乓球
独自吞下

夜里出来溜达溜达
替不敢放炮的小孩
把炮放了

偶尔抬头望望
烟花里的爱人
月亮上的亲人

无题_78

正月十五

是舅舅该给

外甥送灯笼的日子

从中国的民俗

我想到我那

美国的外甥

英文名叫艾瑞克

中文名叫万宇翔

纯种华裔

同时见过我俩者

无不说他长得

跟我儿时

一个球样

调皮捣蛋的个性也像

连公鸭嗓子都像

表现欲很强

人来疯

这又应了一句

中国的俗语

"外甥随舅"

生在美国喝纽约州的

免费牛奶长大的小宇

电话里永远呜哩哇啦

只会说英语的艾瑞克

舅舅现在想的是如何

将中国的灯笼送给你

我在电脑上画了一个

热气球般飞行的灯笼

现在就给你发过去

请你用自由女神手中的火炬

把它点亮

无题_79

哲学家教会我

对人类绝望

习惯性绝望

一绝望就是

那么多年

直到有一天

我看到一名

退休了的老警察

在电视上讲

在他一生所经办的

所有母亲与婴儿

同时在场的凶案中

母亲全被杀害了

婴儿全被留下了

无题_80

春节期间

我的学生李异

从海南岛给我

寄来一张碟

是《地下》导演

库斯图里卡

拍的纪录片

《球王马拉多纳》

趁着过年

我看了这部片子

印象至深的

有如下两点：

一、在旁白中爱引的博尔赫斯的诗句

哪里有马拉多纳脱口而出的话语牛 B

二、同样是反美

查韦斯只是一个小丑般的政客

马拉多纳倒像个自由主义诗人

无题_81

只有向北飞行
才能赶上这个冬天的初雪
我的心中尚未开春

北京的雪
好似漂泊者的愁
一夜白了少年头

是否有人像问我一样问它：
"是漂染的吧？
整得还挺时尚！"

无题_82

老友，越小的欲念
便越要小心呵护尽量满足
比如此刻：夜深人静
你我都想来一杯咖啡

沿着宾馆前的小街
从鬼火通明的美国大使馆侧面走过
去寻觅那家印象中的咖啡馆
夜空中正播撒着种子般细小的雪粒

"还有四十分钟就关门了！"
女侍者冰冷的话语叫人扫兴
但却毫无办法——生为中国人
我们早已看惯了首都北京的大板脸

好在四十分钟足以把一壶咖啡煮熟
从而满足我们的咖啡瘾
大不了一饮而尽
像干二锅头那样干

将近四十分钟以后
两杯极品蓝山已经落肚
不等人赶便自觉出门
哇塞！大地白茫茫一片真干净

我们这才发现
定时也有其佳处
它丈量了雪的速度
让我们冒雪而行踏雪而归

我的老友
江湖纷争又起人心永远叵测
在你我家常便饭耳——多年以后谁还会记得这些
　　烂事？
唯有这黑咖啡里溢出的漫天白雪装点着我们无尽
　　的前路

无题_83

晨起一把拉开窗帘
宾馆房间里的窗子
遂成一幅孤悬的油画——

那是雪的颜料涂白了一座停车场
那是雪地上一个孤零零的老头
正用一具丁字木奋力地推着雪

他有一副孤苦的背影
叫我忍不住地想要利用
生发成悲悯的情怀好作诗

但是他在用劳动破坏着这幅好画的同时
还转过身来咧嘴一笑
露出了比雪还要洁白的牙齿

着实吓我一跳
哦！今天早上人同此心
众生皆有大欢喜让我这种文化坏人无诗可作

无题_84

他是嫖客她是鸡
在谈交易时
他了解到
她来自四川震区
便改了主意
到聊天为止
嫖资照付
一分不少
搞得她不好意思
送君送到大门外

此事信不信由你
但是不信的人
请你扪心自问
你为什么不信
不想信
不敢信
不屑于信
害怕这是真的
还是你真的相信

它是假的
是我胡编乱造的

最后的问题是
这丑陋的人间
有多少美好事
为何偏偏是你
一件都赶不上

无题_85

一位围棋国手

登上世界之巅

竟让我这棋盲

高兴了一晚上

由此可见

我深爱着

自己的国家

这份深爱

隐秘到不易觉察

普通平凡到不值得

为之写一首诗

本诗为"不值得"而写

无题_86

西班牙有一支
比利亚雷亚尔队
我不会支持一支
连名字都叫不顺口的球队

因其队服的颜色
它获得了一大绰号：
"黄色潜水艇"
令我对它陡增了几分好感

出乎预料的是
我忽然变成了它的支持者
是因为忽然得知
它一直坐镇的主场——

名叫"情歌球场"

无题_87

春节期间
医院里挺多
这样的就诊者
鱼刺卡在喉咙里
需要医生的帮助
将刺拔出

他在其列
食无鱼啊
却卡了刺
大口吞咽馒头没用
抱着瓶子喝醋没用
他感到喉咙内部
火烧火燎
感觉已被划下
挺深的一道伤痕

术业有专攻
对于医生来说
不过是小菜一碟

命其将嘴张大

一个镊子伸进去

便掏将出来

让你自己瞧瞧

不是刺

是个词

他这才想起自己读过一首诗

正是在那个时候被卡住的

无题_88

我吃惊地听见
诗人甲问诗人乙：
"写诗的时候
你听什么音乐？"
我更吃惊地听见
诗人乙竟回答了

作为诗人丙的我
之所以吃惊
是因为我在写诗时
从来不听音乐
怎么能听音乐
倒还不是音乐的强迫性
会将你的语气带偏压弱

我要让诗歌发生的时刻
世上唯有一种声音存在
——你心中的天籁！

无题_89

青春是深海之中
潜艇内部
单调乏味的风景
叫人想要发疯

中年是潜艇的灵魂
下潜、上浮
上浮是为了更深地下潜
开始对海底世界充满激情

从青春到中年
从水兵到舰长

无题_90

不是从中国

名存实亡的

"诗教"传统

而是从俄罗斯

的家庭教育中

受到启发

直接引进

每天晚上

儿子睡前

躺在床上

我都要给他

念上一首诗

中外现代诗

偶尔会读自己的

就像多年以前

他的母亲

会在一堆男生中间

将他的父亲

挑出来那般

我的儿子

也会在诗林丛中

将我的诗

挑出来

评价为"有趣"

当他发现

他至爱的一首

正是出自他爹之手

便对我提出了

一个额外的要求：

"多写写动物"

无题_91

（儿子让我多写动物
我就写一首动物）

一条金色眼镜蛇
就像太阳贵妇
遗失的金项链
遗落在地球的草原上
猫鼬的领地中
一大群精灵古怪的猫鼬
要将它赶走

出乎意料的是
更为恐惧的
是被猫鼬包围的蛇
每一次虚张声势的攻击
由它率先发起
但却无法奏效
猫鼬的反应总是快出一点

于是这看起来

就不像是攻与守的双方
而更像是欧洲皇室的
宫廷假面舞会
在优雅的集体舞中
暗藏着夺命的杀机

（儿子，对不起
我又写到了人）

无题_92

下辈子
你想做谁?

做那只被我的小童鞋
一脚踩死的蚂蚁

做那只被我糊在泥巴里
烤熟了然后撕吃的麻雀

做那条被我用雷管
炸死在冰湖上的鱼

做那只被我将脖子割断
还挣扎不死的鸡

……
……

做所有被你屠戮的生命

你要做它们——使之重生

但我还是想投胎为人
是不是先得杀个人才行？

无题_93

一列停在中途的火车

车厢内
旅客甲忽然兴奋地嚷嚷：
"车开了！车开了！
我们在前进！"

"车没开。"旅客乙说

说得一点没错
是相邻铁轨上
迎面开来了一列火车
正轰隆隆地反向急驰

无题_94

唯有一季的延伸
令我这名看客
有在荒凉的田野中
站成一具十字架的
心苦

唯有春天

无题_95

那是两个大男人
同住宾馆标准间
无法回避的场景——

我匆匆洗完澡
一边用大毛巾
擦拭着身上的水
一边从卫生间出来
他已急不可耐地
脱了一个赤条条
急于进入卫生间
我们差点撞个满怀

"哇！"他手指我那
龟缩在鸟巢里的小鸟
惊叹道："好小！"
惹得我不得不
投桃报李地瞅了一眼
他那悬垂的蚯蚓一条
我听人说蚯蚓硬起来

也就是一根筷子
而小鸟则不同啦
再说这些不见阳光的
家伙论的可不是大小

当时我啥都没说嘿嘿一笑
我知道这是这位爱扮大师的同行
向我认怂的表现
在更早以前

无题_96

读了一堆女诗人的诗
是她们才气点燃的火焰
点燃我生育的冲动
真想再要一个女儿
取芳名为"伊豆"
她得了我的遗传
我再给她秘授几招
她一出手她们全灭

无题_97

父子交心

儿子，我想与你

交换梦境

爸爸的梦

总是梦见人

最近的梦

连续梦见两位

已经绝交的前友

在梦境里

与前一个握手言欢

相逢一笑泯恩仇

与后一个谈笑风生

好像压根儿就

不曾交恶

一如当年

儿子，你的梦

梦见的是动物

这多好：人太麻烦

你反复地梦见老虎

你最热爱的兽中之王

我知道今年春节

你在八仙宫的道祖像前

许的愿是别让老虎灭绝

老虎就不会灭绝

我相信在你梦见它们的同时

它们一定也会梦见你

不是作为口粮而是以天使的形象

长着一对翅膀

在森林的上空飞翔

无题_98

他有此冲动
且正在考虑
入教的问题
这一夜
忽然在电视上
看见教皇
正在非洲访问
向信徒布道
他怔怔地想：
"如果我入了教
那不是头上
又骑上了一个皇帝吗？"
于是便打消了此念
彻底地打消了
不是他的决定
而是他的思路
赢得了我这首
没有赞美的赞美诗

无题_99

关于太平洋

我也来两行：

"蓝丝绸的睡裙

撩拨起大陆之床的欲望"

无题_100

国王死的时候
戴着一块瑞士表
是首席宫廷诗人
敬献给他的那块

国王一生中
从未到过瑞士
国王治理的王国
打死也造不出一块好表
关键是：他无意造

那么这块表最大的价值
还是在敬献者这边
令其在生灵涂炭的年代
吃香喝辣永葆平安
令其从一名宫廷诗人
坐稳了大臣兼国师的宝座

同行们！我深知写下本诗的必要性
我写出了你们的理想和当代启示录（给你们的）！

无题_101

公车之上
有人哭也似的大叫：
"司机，停车！
我的手机被偷了！"

紧急刹车
前仆后继
待到站稳
丢机者向某乘客借得手机
快速拨打自己的号码
"狗日的！已关机！"

丢机者欲逐个搜身
遭到乘客们一致反对
就在此时
车门忽开
一人夺门而下
司机高叫："还不快追！"
丢机者这才反应过来
冲下车去

门关

车开

但闻司机慢条斯理道：

"那也是个贼——贼偷贼！"

无题_102

在去年走过的一条街上
我看见什么东西没有了

却又想不起来
它是什么

没有就没有了吧
我至少看见了消亡

——消亡自身
也是一种东西

无题_103

白种人的皮肤是白的
黑种人的皮肤是黑的
黄种人的皮肤是黄的

白种人的脑浆是白的
黑种人的脑浆是白的
黄种人的脑浆是白的

白种人的血液是红的
黑种人的血液是红的
黄种人的血液是红的

白种人的骨头是白的
黑种人的骨头是白的
黄种人的骨头是白的

白种人的骨灰是雪的
黑种人的骨灰是雪的
黄种人的骨灰是雪的

白种人的灵魂是鸟的

黑种人的灵魂是鸟的

黄种人的灵魂是鸟的

无题_104

清明
是一颗巨大的
泪珠

有亿万中国人
钻入其中
接受洗礼

因此
我想将其比作
中国的教堂

又立马意识到了
自身的浅薄
丢笔掌嘴

无题_105

清明这天

在去首阳山

扫墓祭祖的路上

在颠簸的车中

父亲拿出一份

家谱列表

给我和儿子看

我先看

发现将我的大名写错了

有点生气

当即指出

儿子后看

心不在焉

随口对动物学家的爷爷说：

"这不过是动物的一个亚种"

无题_106

从家谱中读到

自我的曾重祖父

内阁中书吴传灏起

俺老吴家

书香不绝

已历五世

靠！我总算找到了

我对知识分子

天生反感

一见就烦

骂不绝口

深谙其丑陋

打蛇专打其七寸

一打一个准

的根源所在

并且发现自己

尚且有救

无题_107

几个月前

巴以交战

一个巴勒斯坦男童

被炸花的脸

像一枚飞起的弹片

嵌进了我的眼球

让我时刻都能看见

但却不好意思写出

怕人家笑话我

是在玩悲悯装大师

这张脸明明触及灵魂

让我从根本上有所改变

从此再也不以孰是孰非的观点

来看待狗日的战争

但却不好意思写出

于是它在我体内发炎

造成了第二次的伤害

我的眼正淌血

无题_108

A 飞来本市

打来电话

约我见面

我很乐意

但在随后

发来的短信中

A 告诉我

B 也同机到达

正和他在一起

实话实说

我不想见 B

十分不想

全部的理由

B 是一个傻 B

这是我以往

与之见面时所留下的

一个保留下来的印象

于是我就盘算着把 A

单约出来吃顿饭

但是他在本市的

另外一个朋友

已经给他提前

定好了一桌饭

他约我在这个

饭局上相见

考虑到 B

定会出现在此饭局

我就在电话中

对 A 讲

饭我就不去吃了

反正我也不吃晚饭

我找一喝茶的地方等他

但是 A 说

这怎么行呢

B 还想跟我喝一杯呢

于是我的如意算盘

被打破了

于是我如期见到了 A

并在同一张饭桌上

无法避免地

见到了 B

十年不见

B 还是一个傻 B

怎么可能不是呢

傻 B 是天生的

永远都是傻 B

由于他的存在

我和 A 的谈话

老要被拉进傻 B 式的话题

由于他的存在

无法令我和 A 在诗上尽兴

他还用自己的私事

搅得所有人都得为其操心

就好像大伙欠了他什么似的

我懊恼不已

但却毫无办法

料事如神有何用

何况我还努力过了

无题_109

巨著进入终期

身体出现问题

问题出在

夫妻之间

床第之上

既不早泄

亦不阳痿

直奔无精而去

奶奶的

任凭我怎样抽插

如何折腾

上挑下抹

左突右冲

变换姿势

硬是射不出来

性交变成无用功

真成了"室内最佳运动"

令我忧心忡忡

不免暗自生疑

是不是我作为一名

东亚病夫的后裔

命中注定的一小罐

（可口可乐那种罐）

已经用光了没有了？

再生性资源不再生了？

噢！这该死的写作

正在将我锤炼成

伟大的作家

献出全部精血

留下一张人皮

无题_110

一个十岁的少年
驾驶着一辆中国制造的
东方红拖拉机
像开着一辆和平牌坦克
载着他的妈妈和妹妹
从战火纷飞的克罗地亚
一路开向塞尔维亚
最终到达贝尔格莱德

那是在 1992 年
那一年我并不知道这件事
甚至不知道在巴尔干半岛
骤起的战火中
人民过着怎样的生活
我只知道欧洲杯取消了
南斯拉夫队的参赛资格
而使顶替参赛的丹麦人
创造了足球史上的
安徒生童话

巴尔干没有童话

战火在蔓延

烧向波黑

烧向科索沃

烧向塞尔维亚

烧向贝尔格莱德

烧向整个巴尔干

少年啊少年我的少年

这下你该怎么办?

是否还要开上你的拖拉机

逃向没有战火的地方去?

可是你又能够逃向哪里?

这天晚上

我做了一个梦

像童话一样美

梦见浩瀚的星空中

一辆拖拉机

人造卫星般

围着地球转

无题_111

一只鬣狗在活吃一匹斑马

与生性凶残无关

活吃源自它狩猎的习惯

从后股发动攻击

从腹部开始吃起

那匹可怜的斑马

要在肚子被掏空之后方才咽气

其状惨不忍睹

构不成一首诗

诗人选择缺席

这条鬣狗吃饱了

将斑马的残渣剩肉留给了

从天而降的苍鹰

这一条吃饱的雌鬣狗

抖擞着重新鼓胀起来的乳头

从猎场向着自家的领地狂奔

迎面撞上了同样吃饱的狮群

（吃的也是色香味俱全的斑马大餐）

狮子并不喜欢鬣狗肉的骚味

仅仅是出于对狩猎对手本能的排斥

便扑杀了这只雌鬣狗

一口咬断其脖颈

将其肚肠掏了出来但却不吃

其状惨不忍睹

构不成一首诗

诗人继续缺席

在数十公里以外鬣狗的领地中

一只小鬣狗正伏在一只雌鬣狗的身上吃奶

另一只小鬣狗正遥望着草原尽头

望眼欲穿地等待着母亲归来

即使再饿它也不敢去抢吃别的母亲的奶水

它知道那会令它当即丧命

只好眼巴巴等着母亲归来

而它的母亲将永不归来

除去饿死已经没有其它选择

其状楚楚可怜

可以构成一首诗

但不是伊沙的诗

伊沙的诗

如上所有

呈现全部的事实（方才成为真相）

他明知：这并不讨人类欢喜

无题_112

多年以来
你被道德讹上了

噢！这位道德先生
长着两瓣硕大的屁股

每一回丫都先坐定了
再扯自个儿的鸡巴蛋

充满了天生的优越感
就因没长所以不要脸

无题_113

在蒙胧的醉眼中

我依稀看见

清晰听见

那位来自远方的朋友说：

这个世界

已经对你够好的啦

那么多的男人爱你

那么多的女人爱你

他们的爱

已经构成这个时代的

童话与传奇

命运也在紧要关头

惠顾并成全你

要懂得知足

要知道感恩

是啊

是啊

谁说又不是呢

一语点得醉人醒

当其时

雨点从天上掉下来

我的眼镜片上

星星点点

不知是雨是泪

在雨中

朋友们各自走散

我回到家里

泡一杯茶

打开电脑

继续写作长篇小说

《士为知己者死》

无题_114

多年以前

诗歌爱好者甲

冒充著名诗人乙

到处流窜

各地行骗

骗吃骗喝骗财骗色

在某地

将女诗人丙骗上了床

至此真相大白于天下

多年以来

诗歌骗子甲不知所终

著名诗人乙更加著名

总感觉著名女诗人丙

和自己有关系

是他的什么人

反之亦然

直到有一天

在某地

乙和丙终于见面

都觉得对方很讨厌

彼此瞧不起

他们不约而同地想起了骗子甲

仿佛怀念着一位亲人

无题_115

寒武纪地球的寂静
足以令全人类发疯
所幸那时还没有人类

那时的人类
以其祖先头甲鱼的形象
出没现身

它从河中爬上岸来
被其天敌雷蝎
伏击然后吃掉

一条快要被吃成空骨架的头甲鱼
提前喊出了人类的语言
划破地球死一般的寂静——

"他娘的雷蝎
等老子进化成人类
再好好收拾你"

君子报仇亿年不晚

至少我会记得雷蝎

这王八蛋是吃过咱 N 辈祖宗的

无题_117

前天
应邀到省作协去开座谈会
作为体制外作家的唯一代表
接受中国作协的一项调研
中午还混上了一顿饭

昨天
应邀到某大学去搞讲座
题为《我诗故我在》
读诗多讲得少
临走给了五百元

今天
在本校上了一上午课
越讲越觉得无意义
对牛弹琴的职业
我已经干了二十年

三天之中
只字未写

我感觉自己像个混子
过得有点心慌
但我还不是一个混子——

三天以前
我足不出户
闷头写了七天
劳动节的小长假
也都用来劳动啦

我深深地体会到
混子并不好当
后三天要比前七天
活得累
累得多

无题_118

昨夜有梦

我梦见了

我的朋友

徐江、唐欣

我们三个

在夜晚的公园里溜达

来到一个三岔路口

一转眼

徐江就不见了

我和唐欣一商量

决定去找徐江

上路前

我们先踏进一家

点着油灯的古代的酒肆

老唐说：

"吃饱喝足

才好赶路！"

接着这个温良儒雅的博士

忽然像《水浒》中的人物那样

对着酒保大声嚷道：

"小二，切二斤熟牛肉

筛两碗酒

速速上来

要快要快！"

那时候

我也没闲着

坐在座位上

一直在对付

足下的一条小狗

（分明是店家豢养的叭儿狗）

它把我的裤管咬住了

怎么甩都甩不脱

仔细一看不是狗

是儿子幼年时玩过的

鲨鱼头玩具

无题_119

偶遇一位

心理学女博士

去年四川大震后

她作为一名志愿者

亲赴灾区

实施心理干预

却被赶了回来

她说像她这样的人

都被赶了回来

她说他们用当前国际上

最先进的心理学理论

鼓励灾区的孩子们

将梦魇般的亲历

将地狱般的图景

一一复述出来

争取大哭一场

从此变得坚强

但是效果很差

适得其反

逼得人直想自杀
她说国人还是习惯用冷却
而非正视的方法
来对付心灵的苦难

由此我想到自身
一介书生
夸夸其谈
概念乱搬
在批判民族性上
放过多少无知的屁话
这个古老的民族
凡事都有自己的一套
方才绵延不绝到今朝
不建哭墙
不对着一面墙天天抹泪
绝不是一宗罪

无题_120

长安初夏
秋雨连绵

在一辆行进的
双层巴士的窗口
他说："这天给下漏了！"
（像一句修辞的诗）
她说："老天爷在哭泣
为去年川震中的死难者！"
（像两句抒情的诗）

多好啊
每个人都有诗意的细胞
与写诗的冲动
坐在如上两位乘客身后的我
为自己是用笔记录者
（所谓"诗人"）
而感到庆幸
和满足

无题_121

在夜晚的隐秘房间里
父亲正在和两名雇来的
职业杀手
布置杀掉母亲的事
被我看见听见了

我在黑夜之中
没命地奔跑
跑回了家
将这一切告诉母亲
母亲惊愕而委屈的脸
扑簌簌滚落的泪珠
我觉得她好可怜

两名杀手的魅影
出现在窗子上
我跳进我家的厨房
在刀架上精心挑选了
两把新买的菜刀
然后提着刀踹开门

冲杀出去
杀入黑夜

以上是我在母亲节当晚
所做的一个梦
掐指算来
母亲已经离去十二年了
我不知为什么
会做这样一个梦
也读不懂

问读者：谁来帮我解梦?

无题_122

一头雄狮在操一头雌狮
一天操了五十把
真他妈的——畜生！

一头雄狮在操一头雌狮
一连操了四天
真他妈的——畜生！

一头雄狮在操一头雌狮
一年只操这四天
真他妈的……

一头雄狮在操一头雌狮
每一把也就几秒钟
真……

人类说："动物凶猛！"
动物说："人最流氓！"

无题_123

小时候
在父母单位里
精神病患者老牛
手里有把万能钥匙
谁家的钥匙丢了
或是锁在家中
就把老牛叫来
终于轮到了我们家
是我把钥匙搞丢的
也是我一路小跑
去喊来老牛
老牛牛哄哄地来了
从一大串钥匙中
找出那把万能钥匙
是某种软金属做的
能够在锁孔中伸缩变形
将我家门上的明锁打开
那是怎样的一个时代啊
由一个疯子
掌握着万能钥匙

是个不错的象征么？

不、不、不

我拒绝这个粗暴的象征

回首往事

我更惊讶于

偶有人家失窃

单位里断不会有任何人

怀疑是老牛所为

我惊讶于

人心的干净

已经久违

恍若隔世

无题_124

儿子养了两只小龟

仿佛我与其母对他的溺爱一般

他太溺爱它俩了

还要定时将它俩从玻璃缸中取出

放到地板上散步

于是有一天

他回自己的屋做了会儿作业

一只小龟就不见了

只剩下一只

他把家里翻了个底朝天

还是没有找到

现在十天过去了

投奔自由的是只雄龟

也不见其出来找那雌龟

也不见其出来找水

儿子有些难过

担心它会死去

他的爷爷劝慰他说

肯定没有死

死了你会闻到臭味

于是每天放学以后

他都像小狗一样咝咝地嗅着

空气中有没有臭味

无题_125

这不是在千年以前

长安奉旨承办

大唐诗歌节

住在家中的杜甫

左等右等

终未等到

皇宫马队

送来烫金请柬

遂无法入场

住在宫中的李白

顺势混上了

这小子从来

不把自个儿当外人

酩酊大醉闹了场

与尔同销万古愁

无题_126

在清晨的出租车的
后排座位上
我在读晨报

"师傅，麦收推迟几天？"
司机忽然发问
突兀之极

"师傅，我问你麦收推迟几天？"
他问第二遍的时候
我才恍然大悟——

是他透过后视镜
看到我手中报纸背面的那版上
有个大标题：《连日降雨，麦收推迟》

我赶紧翻转过来
将那篇报道看个仔细
稍后回答他说："推迟四五天。"

"好嘞！"司机释然道

"那就再开几天车

回家收麦子！"

无题_127

一只蚊子

在我头顶

盘旋多时

随时准备

俯冲而下

直刺我身

我摊开双掌

提前做好准备

却被一个大善人

看在眼里

讥在口头

"不就是一只蚊子嘛

你让它咬一口又怎样？"

我亲爱的大善人啊

我不是吝惜自个儿的这滴血

我是怕被咬之后的那股痒劲

奇痒难耐乱抓乱挠

抓成一片血糊拉拉

伴随着恼羞成怒

伴随着气急败坏

"大善人

你别怀揣道德优越感

你我仅有的一点区别

就是我的身心

比你较为敏感"

啪

无题_128

我跟那个女的
真是没缘分啊
她前后两任老板
皆是对我怀有
莫名仇恨的主儿
令其随之
暧昧起来
人虚掉了
变成一个
飘来飘去的影子
所以我与之
连缘分都扯不上

以上所述
是我与人类的关系中
一例典型的个案

无题_129

中国的国家诗歌节
办得像个农贸市场
像村里人赶的大集

所有的诗人
都住在同一幢楼里
楼似蜂箱
蜂儿在其内部
穿梭飞舞

每一个哥哥都那么鬼鬼
每一个弟弟都那么祟祟
每一个姐姐都那么憔憔
每一个妹妹都那么悴悴

中国的国家诗歌节
什么都有就是没诗
诗人只是一种
可笑的点缀
他们远道而来
毫无光荣可言
只为自取其辱

无题_130

我以前从未到过山西
在小说中一写到晋国
便接连去了两次
去冬去太原
今夏去晋城
所以我想说
我与山西的缘分
是写出来的

无题_131

哦！北方
我爱北方
我的北方
它的大地
让我拥有
摇篮般的安全感
它的天空
是我呼吸顺畅的气场
适合于我的肺活量

无题_132

你只有登临进入
才会了解巍巍太行
是内秀的

页岩如竹简
堆积成一座
盛大的书斋

古琴台上的仙翁
刚刚飞去
琴声犹在

美丽的女八路
是个江南来的小家碧玉
美景催熟了小布尔乔亚的爱情

爱上了能说会道的小白脸政委
而伤了大刀队队长的心
大刀一晃不回来向鬼子头上砍去

听！风声里有词

"五月的鲜花

开遍了原野……"

无题_133

有时候

最危险的时候

先锋需要隐藏

灵魂需要安放

哦！太行山

你是被一个民族的大脑

深思熟虑后选择的

有效地点

也是你挺身而出

自己所做的抉择

无题_134

在山中我问过山
你是自己长成这样
还是仰仗造物主的
鬼斧神工

其实我问的是诗

那一刻万籁收声
无人作答——不
山与诗一起作答
答之以静

无题_135

在山西我看见
梯田上的麦子
尚未熟透的
麦子

在河南我看见
丘陵间的麦子
已经成熟的
麦子

在陕西我看见
平原上的麦子
正在收割的
麦子

五月末的一日
汽车加火车的速度
让我在数小时内
目击到北方三省

三种形态的麦子

黄河喂养的麦子

在变成可吃的馒头——

这白面的乳房之前的样子

无题_136

毛时代
中国与世界
相看两厌
相互抛弃

在毛氏中国
连日常生活中
所使用的符号
都不是世界
通行的那一种

除去一种
骷髅下
两根骨头交叉
代表死亡

无题_137

在 123 那首无题诗中
逃走的小雄龟
被找到了
在我家阳台的杂物底下
被找到的

三周不见
它还没死
但却没长
与留守的小雌龟相比
明显小了一圈
这是为自由所付出的代价

但是
它还是想逃
每日在玻璃缸中
玩命折腾
它已经尝到过自由的滋味
它已经野惯了啊

龟虽瘦

爱自由

不自由

毋宁死

无题_139

信仰一个上帝

忠实一支球队

过上一辈子

挺好的一辈子

我很欣赏

但拒绝效仿

因我明白

挺好的东西

一拿过来

搁到咱中国人身上

准串味儿

就像某种香水

无题_140

某故人

久未见

乍一见

受惊于我的白发

白得胜雪

问曰："咋整的？"

答之："写的呗！"

故人一笑

吐露心声：

"何必呢？"

那时候

我抬头

蓝天上

一架喷气机

喷出了一具

十字架

形似两条

不同的道路

道不同

不相交

无题_141

那是在一幢写字楼的
电梯间里
我独自一人
想要下到一楼去
便摁了键钮上的 1
却不知道那是 -1
被磨损成的 1
于是便误下到
地下一楼
门开了
冷气扑面而来
我看到的景象如下
一个木匠
在打制一具棺材
另一个木匠
躺在棺材里休息
两人有说有笑
但都面带菜色

无题_142

马非，你开怀畅饮
众酒鬼只好趴下
你是长安市上酒中仙

马非，我开始摇滚
驻唱歌手饭碗悬了
只好叫来黑社会打手两个

据说我们的青春小鸟已经去了
怎么余下的疯狂还是这么多
酒精、摇滚，最要命的是诗歌
长安的夜晚峥嵘毕现

那些五湖四海来的诗人好可怜
不知长安的诗魂今何在
无聊地待在剧场里
意淫戏子扮演的假李白

无题_143

三个小人

登上庐山

抽刀断袖

桃园结义

下得山来

招兵买马

意欲北伐

头一个

伐伊沙

无题_144

假如历史重演

"文革"再来

我心里明白

我会被八个方向

来的人整死八回

怎么都活不下来

所以我坚决支持

国家不能乱

你给我扣上

保守主义的帽子

我把它戴走便是

无题_145

一个摄制组追着我

拍了一周

拍到后来

连我都感受到了

他们工作时的愉快

当一伙拍纪录片的人

逮着一个真实到家的拍摄对象

那是多么愉快啊

但真实并未被全盘接受

譬如两次吃饭的时候

是我聊诗聊到最 high 之时

摄像师却未将机子打开

并非只顾吃饭忘了工作

而是固执地认为——

吃饭就是吃饭

聊诗就是聊诗

饭桌上杯盘狼藉

烟雾缭绕不甚雅观

缺乏诗之意境

入不了镜头

无题_146

乔迁之喜

迁出几多秘密

上一次

妻翻出一本

我高中时的日记

惊讶地发现

高考在即

前程未卜

我还心头长草

蠢蠢欲动

险些与她会师不了

这一次

赶来帮忙的亲戚

还是一位女长辈

翻出两大包

我多年积攒的黄碟

受惊不小

郑重告诫：

"快快藏好

别让孩子看见"

话又说回来

不藏秘密哪还是家

无题_147

你恐怕不信
此次搬家
我才有了
自己的书房

盖因如此
我才要在事先
把它装修得格外漂亮
我要让环境配得上
我的写作

你说人心究竟是啥长的
头三位得知这一情况的人
反应竟是惊人的一致
连说的话都一字不差——

"没准儿一有书房你反而写不出来了！"

无题_148

参观我书房的朋友说：
"像个小型图书馆"
我说："这是表面
其实是车间"

无题_149

母亲的一位闺蜜
走了

我作为母亲的代表
去参加她的追悼会

我的母亲
在十二年前就走了

在母亲的追悼会上
我见过眼前这位死者

那一天
她是哭得最凶的一个

单凭这个记忆
我也得来

我代表天堂里的母亲

向着她的遗体三鞠躬时

久违地意识到
我们是人

无题_150

十五年后的一次搬迁
二十年后的一次返校
中间相隔十天
令你敏感地意识到
人生的一半已经过完
创作的一半已经搞完
今年便是中点

眼里有中点
说明你心中有终点
说明你敢于面对
时间的有限
生命的短暂
男人先要对自己酷一点

把此生当成一件完成中的作品
后一半必然更精彩

无题_151

在二十年后的同学聚会中
最失落的是当年的革命者

放不下！放不下！
女生放不下不了情
诗人放不下未成诗
革命者放不下未竟之革命

只是酒后慷慨激昂的演讲
已经高不过一杯烈酒的醇度
只是高呼的革命口号
已经不能将携家带口的人们引向街头

女生为情所困成为怨妇
诗人为诗所累成为诗痞
革命者为革命所异化成为革命家
轻与重都要付出一生的代价而难以回头

革命者酩酊大醉
梦醒后继续革命

无题_152

超市门前有棵树
还有一根电线杆

树上贴着一张寻人启事
电线杆上贴着一张寻狗启事

寻人启事在寻一位离家出走的老头
寻狗启事在寻一条有家不回的小狗

寻狗启事悬赏千金
寻人启事……一无所赏

无题_153

七月流火

回到母校

回到廿年以前

去得最多的

那间教室

仿佛回到

自己的老窝

我摇着尾巴

闻着味儿

就找着过去

常坐的座位

一屁股

坐下了

然后抬头

看看前后

看看左右

还是当年几条狗

几个老邻居

模样老了

目光湿润

无题_154

从新居书房的北窗
每日都会传来几次
军号嘹亮
来自空军工程大学的
校园

它合情合理地规划了
我混乱无序的新生活
还被谁（不是我）择取为
生物钟的彩铃
将我唤醒

无题_155

迈克尔·杰克逊死了

我要不要为他写首诗

我看到有人写了

写得毫无感觉

儿子这名小粉丝

也在催促

却无灵感光顾

直到有一天

本月中的一天

我回了趟母校

那里的一草一木

令我想起 1985 年的冬夜

在西西楼 305 男生宿舍

同舍的同学徐江和侯马

从外面回来

像被外星人抓去了又放回来

像吸了毒一般亢奋

轮番模拟一种奇怪的舞蹈

和一种尖锐的歌唱

他们刚在一个地方

看了一场演唱会的录像

我因此初识并记住了

一位美国巨星的大名

迈克尔·杰克逊

太空漫步的舞者

宇宙之音的歌王

我们的青春多么荒凉

热战冷战去他娘的

和平演变来吧来吧

如果不是听到杰克逊

如听仙乐耳暂明

而只是埋头啃萨特

这块干面包的话

这一代中国青年就更像

营养不良的土鳖

无题_156

二十年前
经过一场血与火的洗礼
与同学告别
与青春永诀

二十年来
我的心中并没有这一次的
重逢和相聚
有也不是如此盛大的仪式
二十年来我所做的一切
都不是为了今天的见面

我以为此生无缘再见的人
在心里早已与之永别的人
一次性地见到了
还见到了不老少
这令我感到幸福
但也有一丝害怕

现在更可怕的是

我的心里已经揣着

下一次的聚会

并准备为它干点什么

无题_157

儿子说他梦见新居
被台湾吹来的台风
掀掉了屋顶
我们不得不重返旧家

败家子
这可是你爹娘
半生的心血啊
我想骂却没有骂出口

想起这小子降生后的第三天
便从医院被抱回那里
在那儿长大
最初的家曾是他全部的世界

无题_158

因去年的川震
发生在佛诞日
而以头抢地
指天骂佛
发誓今生
再不入佛门的我
在本次西宁之行中
在可以自由选择时
随大流去了塔尔寺
倒也不是起哄架秧子
我七年前跪在那里许下的愿
六年前得以实现
六年前还愿之后再许的愿
到今天早已实现
许下的愿是要还的
于是我违背誓言
第三次拜访塔尔寺

无题_159

听说人在高原
大脑缺氧易做怪梦
西宁的五夜
我却睡得挺好
只做过一个梦
还是在睡午觉时
做的一个白日梦
梦见我和诗人侯马
走上街头去演讲
为非洲儿童募捐
将募来的巨款
平分给我们的儿子
吴雨伦与衡夏尔
这事儿被当作丑闻
登在了报纸上
让我一时着了慌
四蹄抓狂醒来了……

有个情况需要说明
本届青海湖诗歌节

也邀请了侯马

他因公务未能到会

无题_160

雨中游塔尔寺

热情周到的导游

给未带雨具的诗人

准备了雨披

简易透明的雨披

可供一次性使用

我们穿着它

入殿拜佛

出殿如厕

正是在厕所里

我说我们看起来

都像雨人

大伙哈哈大笑

开心地大笑

你（我忘了是谁）说

我们都像戴了套

虽说也有人笑

但笑得十分勉强

甚至不乏几分尴尬

我当即意识到

这是宝贵的经验

要命的分寸感

与诗有关

原本就是

缘自于诗

无题_161

在青海湖畔
我有一个冲动
想把自己的心
掏出来洗一洗

我们这些红尘中滚来的脏人儿啊

圣湖之畔骚客林立
我不知他人的想法
但我有此一个冲动
也就够了不是吗

我们这些还将滚回到红尘中去的脏人儿啊

无题_162

当此乱世
买栋房子

把自己关在里面
也就保护了自己

关键在于
你坐得住

无题_163

从新居的阳台望出去
是一所驾校的练车场
那些缓缓爬行的车辆
仿佛铁皮包裹的小脚
那些小脚边的寄生虫
正被训练成马路杀手

无题_164

大地艺术

在柬埔寨的丛林里
大象的足迹
有些怪异
四脚印
三大一小

噢！那是一批
装着假肢的瘸象
踩出来的
它们踩响过地雷
一条粗腿上了天

战争艺术

无题_165

迁入新居的新生活
时常伴着坏脾气

那是当你原本信手拈来的
某个物件找不着的时候

那是当你原本自如的行动
变得有点磕磕绊绊的时候

那是当居住的环境
忽然变得有些陌生

用儿子的话说：
"这哪里是家嘛！"

无题_166

十七年前

在我迄今为止所操办过的

唯一一次先锋诗歌的朗诵会上

来了三名便衣

二男一女

不请自到

女的高挑靓丽

有如鹤立鸡群

是所有女宾中最养眼的一个

男的相貌平凡

扔到人堆里就看不见

最刺激最好玩的是

二男连警裤都没换

三人坐在后排

冷眼旁观

静静听诗

哦！这可不是出自

幻觉和杜撰

因为在当时

有个家伙要登台朗诵

毛泽东诗词

我毫不犹豫准其上了

朗诵完了是舞会

有位以骚为旗的老哥

跳起来去请那美女跳舞

她冷冷拒绝的表情中

暗藏着几多轻蔑

诸如此类的细节

我都记得一清二楚

如在眼前

无题_167

街口那家饺子不错
儿子不在家
我和妻瞎凑合
便去了

小桌对面
坐着一对情侣
我肚子饥
没心情细看
但嗅都能嗅出
那是一对情侣

我低头看菜单
在莲菜馅还是
韭菜馅之间
犹豫不决
这时候在小桌下
妻用脚轻踢我脚

这让我有点困惑

心想：我又没看
对面情侣中
那个美女
老毛病未犯
她干吗踢我

我在困惑中
随口选定了
不常吃的莲菜馅
抬头告诉伙计时
那对情侣正在离开
骑上他们的情侣自行车
准备离去

小桌下
妻又用脚来踢我脚
并且悄声道：
"那是一对女的！"
我小吃一惊
定睛一看
其中头戴棒球帽的那个
原来是个女的
另一个是美女

怎么看都是女的

后来的一幕是
我和妻一起目送着
那一辆情侣车上的情侣远去
消失——像是被夏日正午的骄阳晒化
妻说："挺恩爱挺美好的。"
我道："我也是这个感觉！"

无题_168

新居客厅里

高朋满座

谈笑风生

所谈话题尽是诗

我在厨房清洗茶具

得以从旁窥见

这幅画——

这是很久以前

我早就构思好的画

所以心中更加满足

无题_169

在青海湖诗歌节上
以色列女诗人在发言中
说起一件事——
在她出席的某届
鹿特丹诗歌节上
一位日本诗人
走到她面前
说好生羡慕她——他说：
"在以色列总是发生着许多
能够激发创作灵感的事情"
我听罢心说"呸！"
不敢正视历史当然没有灵感
不愿反省罪恶当然没有灵感
不具忏悔意识当然没有灵感
生在一个欠缺精神生活的
不高贵的民族而不能
超越其上的诗人
还写什么诗啊
不灵感枯竭才怪
在青海湖诗歌节上

就有一个日本诗人

正是我前年在鹿特丹见到的

那位装模作样的"环保诗人"

我们擦肩而过形同陌路

彼此都装作不认识对方

无题_170

多年以来
在我家的座机上
有个打错的电话老打入
是个男声找赵鹿（？）

每次我都耐着性子回答他：
"这儿没赵鹿你打错了！"

这话说多了
这个赵鹿便有了
作为一个人
存在于我的生活中

仿佛我家的一员

无题_171

他是一个大师
已获举世公认

这个月里
我研读其诗
有几首好的
但却难称大师

"是不是翻译问题？"
我习惯性地问自己
但是诗句传达出的意思
也很一般般啦

"难道西方诗歌
已经整体沦陷？"
这是一个太大的问题
我不好私自妄下结论

可以肯定的是：他没我写得好
那么他是个大师我又岂能不是

无题_172

几天前
我看见十字街头的绿化带里
安置了一个火红色的沙发
怎么看这件装置艺术都未完成

今天我经过那里的时候
看见上头坐了两个闲人
一人手中抱着一瓶啤酒在吹
叫人感觉充实多了

等我办完事
在回程中再次经过那里
其中一人已经站到了沙发上
正交警般指指划划地指挥交通

这件作品可告完成

无题_174

昨天夜里

我上了一家

黄色网站

搞懂了一个老问题

那些疯狂的恋物癖

为何喜欢偷

而不是去买

女人的内衣

丝袜、高跟鞋

过去我还以为

他们买不起

或者不好意思去买

我看着他们在网上

相互交换着他们

偷来的赃物

彼此特别强调一点

这些玩艺携带着

体味——我忽然意识到

这是一个至为深刻的问题

与我们追求的写作相关

恋物癖原来恋的还是身体

的气味——那自然是

买不来的

无题_175

那孩子望着我笑

怀抱着他的母亲

便相信了我

笑对我说：

"他看你抽烟

看烟从你鼻孔冒出来

就笑了！"

我问："孩子几岁了？"

她说："刚好半岁了。"

我问："男孩还女孩？"

她马上做出一个

给孩子把尿的动作

将其小鸡鸡亮出来：

"当然是男孩！"

我说："这孩子长大要抽烟的。"

这位年轻的母亲

竟咯咯笑出声来：

"那就让他抽呗！"

以上是夏天的一个傍晚

发生在城西劳动公园里的一幕
自打公园不收费了
劳动公园才真正变成
劳动者的乐园
在相互交谈之中
我发现劳动者的关系
彼此并不疏远
那位年轻的母亲是四川来的
在街头开了一家快餐店
我就吃过她做的盖浇饭
而那个怀抱中的孩子
没准儿就是我未来的学生

无题_176

满地爬的狗崽子
抱住了我的腿

我惊骇地以为
他们要喊我爹

上帝啊
我可没造孽

还好！他们
没有喊我爹

他们是想叫我
将他们的爷爷认作爹

其实狗崽子也不认爷爷
他们一心要给我找个爹

就是不能让——
你是你自个儿的爹

无题_177

空荡荡的夜行地铁在狂奔

大地深处钢铁蚯蚓

冤直的鬼魂

在呼啸

无题_178

我素来不喜欢

闹哄哄的香港电影

但是今晚

当有人在网上对我

以暴力相要挟之时

我竟然想起

一部港片中的两场戏

一个黑社会的小头目

用枪指着周润发的头

发哥台词如下：

"我最讨厌别人用枪

指着我的头！"

第二场戏还是那个小头目

还是用枪指着周润发的头

发哥台词如下：

"我已经警告过你

我最讨厌别人用枪

指着我的头！"

然后举起手枪

一枪毙命

无题_179

夜深人静
当我意识到
如今某个名字
不是在我朋友而是
在我敌人的名单中
我忽然感到
一种极大的快意
并由此而增大了
对命运的信任度

无题_180

家变大了
特邀父亲来住
安享晚年
与之朝夕共处
不如早先恐怖
还有几分幸福
我们交谈有限
但却煞是有趣
他能说出许多
我所不知的事
仿佛回到小时候
譬如昨日他言：
"你生来自信
好像从不自卑"

无题_181

这是国庆前夕

也许为时尚早

当街头突然出现

一个骑单车的男子

车把上插着一面

迎风招展的国旗

街上行人

纷纷驻足

窃窃私语：

"一准儿是个疯子！"

无题_182

搬家后我日常散步的路线之一
是要穿越西北航空的生活小区
那里常有动人的风景
引我驻足为之侧目
徐娘半老风韵犹存
仅凭走路的姿势
便可看出是退役的空姐
今天我见到最老的一个
年逾花甲满头银发
走路还是那个范儿
美人老了还是美人
还能荡起我心湖的涟漪
还能拨动我心灵的和弦
在一瞬间里
我有一腔冲动
想冲过去告诉她说
三十年前
你在天上高傲地飞
飞机场周围的麦田里

一个放风筝的少年

举头望天

望见过你

那是他对世界的初恋

无题_183

我可以
将我的出生地
让给你去
但只会让一次

无题_184

这是街头最常见的景象
一帮老头围着一盘象棋
我远远地盯着他们看
心想：看能否盯出一首诗来

然后我便看见儿子
坐在他们中间
和这条街的老棋王对弈
在围观者七嘴八舌的帮助下
将老棋王杀得无地自容

那是七年前的五一长假
出现在兰州街头的一幕
那一年儿子七岁

无题_185

从梅地亚宾馆走出来
一步踏到中秋夜的
满地白霜上
打湿了鞋
浑然不觉
还与同伙喋喋不休

世纪坛上霓虹闪烁
台阶下的广场上
坐满了乌鸦般的人群
我走向他们
显得不够兴奋

当我驻足站定
便举头望天
想看到我将歌咏的明月
却见军博尖顶上的红星
红星闪闪放光彩
令中秋的月亮黯然失色
像一枚遗落在天边的分币

这简直就像是在
莫斯科的红场上朗诵啊
咱也当一把叶甫图申柯"
我一下子来了电
兴奋地对同伙嚷着
于是乌鸦们大眼瞪小眼地
目击了如下景象——

我放声歌咏着中秋的月亮
激情来自一颗苏式红星

无题_186

国庆节上午
全家人济济一堂
围着电视看阅兵
我本来不想写这个
觉其没意思
但是——
当我意识到
这没意思时
这就变得有意思啦
所以我又写了
就这么几行

无题_187

一个孩子

拦住了

一辆坦克

他用手中的小旗

指着它说：

"小样儿

你以为你脱了马甲

换上军装我就认不出

你这只王八了吗？ NO！"

无题_188

城中的公园
是这城市的肺

下午的公园
好似空寂的墓园

公园里没有人
连个老人也没有

美丽的风景无人看
它们孤芳自赏

湖光看着山色
亭台望着楼阁

小桥看着流水
鲜花望着草坪

游乐场的木马
突然启动

不停地空转
绕着圈狂奔

恐怖铺天盖地
没吓着一个人

无题_189

我最怕父亲逛超市
每次都要狂购一气
你由着他去
怕他累着自己
你陪着他去
他就会买得更多

今儿是国庆节
我只好陪他去
在超市里
在手推车满溢之后
我忍不住提出异议：
"爸，犯不着买这么多
吃不了也用不掉……"
父亲大手一挥道：
"你小时候吃过粗粮
但没经历过饥荒
你哪里懂得
家有余粮心不慌……"
一语将我轻飘的思绪

拉到并不遥远的从前

我和父亲
推着满满一车东西
随着川流不息的人群
走出超市
超市门上
五星红旗迎风飘扬
仿佛旧剧场的舞台
鼓风机鼓出的烈火

无题_190

我喜欢在黄昏时散步
趁此经历天黑的过程
喜欢黑暗自汗毛孔中
一点点渗入身体的
清凉感觉
一个从内到外的黑人
行走于黑暗之中
有种难得的安全感
这是城市面孔上
一颗黑痣在走
又像是乱了妆的泪珠
在
流

无题_191

父亲常站在阳台上眺望
我不能肯定
他是否望着对面那座楼

对面那座楼上
住着他的哥哥我的伯父
那位老人是否也在眺望
他们相互眺望

我不能肯定
只能接受这家族的分裂
亲兄弟老死不相往来的现实
我在无意中买下的房子
造成了这幕极端的风景

但是作为晚辈
身为儿子和侄子的我
实在不晓得该为他们做点什么
四年前二姑妈从南京来此撮合
反倒引发了更为激烈的冲突

再来一次老哥俩都有问题的心脏受不了

只好这么着了
好在深谙世事的我
比他俩的心更硬
你们一定要将此僵局进行到底
只要各自活好就好
只是到了谁都不要嘴软
说这有多么大的遗憾

无题_192

一条两个月大的小狗
在来到我家三十个小时后
被驱逐了

谁叫它一口叼住了
小主人养的小龟的龟头
从而得罪了小主人

谁叫它在地毯上
一口气拉了四泡小屎
从而得罪了女主人

谁叫它在夜里不睡觉
狂吠不已
从而得罪了男主人

将其驱逐的决定是由
我这个男主人做出的
当我忽然觉悟到
这比养个人要难得多（凭什么）

它被抱走的时候不肯走
咬了来抱它者的手
我的心狠狠痛了一下
但忍一忍也就过去了

无题_193

夏天那次
毕业廿年的大聚过后
我再一次发现自己
是个不愿活在过去的人
也不愿空想未来
而只愿抓住现在
那么聚会就成了
为了告别的聚会
仪式对我而言的意义
就是让从前的一切
统统过去

无题_194

国庆长假在北京的四日
还是抽空到大阅兵后的
天安门广场转了转

在一个黄昏

是老唐陪我去的

到底是一代人

夹缠不清的情结

无需说明

想去就去

谁又区别于这代人

而凌驾于他们之上

广场上老老少少不都有吗

越年轻美丽

越欢天喜地

银屏宽大

彩车太傻

六十年弹指一挥间

中国人没变

还是黑蚂蚁一窝

两只有思想会作诗的蚂蚁

也还是蚂蚁

蚂蚁能有多大的罪孽

小小蚂蚁

只有短暂的一生

在蚂蚁的一生中

也该有蚁穴的家

大脑袋的国

被这位举重冠军

针一般细小的胳膊

举起

无题_195

二十年前的一个深夜
我骑着一辆旧单车
从西向东
穿过空无一人的城市
途经此地

十九年前的一个黄昏
我和老唐
先在同盛祥吃泡馍
后到附近的一家酒店
看了一场摇滚演出

十八年前的红五月
还是在附近的那家酒店
我与四位台湾来的老诗人
亲切会面
相谈甚欢

八年前的一个春日
我在两站地外的杂志社做兼职

一个流浪汉扒火车从四川来找我
我请他吃了顿饭还给了他回家的盘缠
他回去便在网上 × 我娘

五年前的夏天
雅典奥运会举行期间
女排和刘翔在同一天获胜
几个中学老同学聚在一起吃了顿火锅
那家火锅店就在一站地外

四年前的一个下午
电视台的张胖子开着车
将我拉至对面的一家酒吧
一通狂饮
不亦快哉

近些日子
我一直在搜索记忆
想看看往事的细节里
有无神秘的暗示
说明我搬到现在的新居
是命中注定的必然
还与未来即将发生的什么有关

但却一无所获

毫无先兆可言

不过这样想想也挺好

无题_196

昨日夜半三更
被我电话骚扰的
朋友们
男朋友女朋友
老朋友新朋友
你们是否理解
酒后的电话
热腾腾的酒气
顺着电话线蹿过去
从话筒里冒出来
是一种抒情方式
那热乎乎的酒话
是一位口语诗人
平常不屑于写的
抒情诗

无题_197

我不喜欢

与河南人喝酒

他们劝酒时

说法太多

名堂太多

表情狡黠

意图暴露

我最不能接受的是

他们敬你时

他们喝三杯

你得喝四杯

这怎么叫敬我

烈酒面前

人人平等

况且你自诩比我能喝

耍的不就是这点优越感

所以我坚决不喝

说死不喝

局面便僵住了

其中一位

给我讲开历史

说这是从山西

到河南的逃荒者

带过来的风俗

贫困年代

粮食奇缺

酒更稀罕

自己少喝

客人多喝

是为礼遇

话音未落

我便把面前的四杯酒

逐个端了

心里还是不情愿

无题_198

在梦中

一个女人

站在我面前说话

热气喷在我脸上

我一伸手便摸了

她的奶

隔着衣服摸的

也就摸了一下

柔软的大奶

摸起来不赖

但却不得了了

出大事了

她倒没有反对

只是我忽然想起

她是我朋友的老婆

猛然惊醒

挺身而起

坐在床上

面红耳赤

心跳不已

我唯一能安慰自己的

他是很早以前的朋友

不相往来久矣

又被巨大的困惑笼罩

想当年

现实中

我可从没惦记过人家老婆呀

无题_199

在梦中

在某个诗会上

在某个野生植物园游览时

我与朋友们走散了

四下一望全是死敌

他们串通一气正在密谋

像是要对我采取行动

我没有慌乱

掏出手机打给朋友

但却没有一个接通

我干脆不打了

就地坐下来

当然不是为了待毙

我的一个当过特种兵的朋友

教过我：遭遇险境第一反应

坐下来——办法自然来

我坐下来看自己的手机

惊喜地发现我用的手机

怎么竟是早年的大哥大

像一块黑色的厚厚的板砖

"有这个就够了！"

我对自己说

坐等敌人来

无题_200

偶然得知

一个在网上坚持

骂我多年的人

与我对骂多年的人

得了胃癌

做了手术

胃被切掉了五分之四

我的心情沉重至今

暗自希望

此事与我无关

他之骂我

他与我骂

是病的后果而非诱因

还想劝劝

今天穿着马甲

躲在阴暗角落

对我骂不绝口的人儿

劝劝我自己

有形的网络

虚拟的游戏

有形的舞台
虚拟的表演
有形的世界
虚拟的斗争
你可千万千万
别走火入魔
把那仇恨当了真

无题_201

父亲想露一手
亲自下厨
做了一锅红烧肉
半碗吞下去
眼泪快出来
哦！在重庆
嘉陵江边长大的
父亲做的红烧肉
不搁辣椒却放糖
甜丝丝的
是江南的味道
是上海的味道
是母亲的味道
母亲已去多年
这是她
留在这个家里
永远不散的味道

父亲做的红烧肉
吃得我七窍全通

无题_202

十二年前

母亲离去后

经由同事的介绍

父亲找了个女人

一起过了十年

如今好合好散

即便如此

那个女人

还是有怨言的

那个女人的怨言

是在她离开之后

才传到我耳朵里的

"他从不把我当老婆呀

我到现在都不知道

他有多少存款……"

她的判断完全正确

我可以向其作证

母亲在的时候

父亲从不管钱

打那以后

我对父亲

明显要比先前好

无题_203

父亲在浴室洗澡
他又孑然一身了

我这个做儿子的
忽然想到什么

去敲浴室的门
"爸，我给你搓个背吧！"

"不用！"父亲回答
"我自有办法！"

无题_204

收到一本诗选
立马拆开来读
翻至目录
看到一个
坏人的名字
我对自己说
"给丫一个机会
看看结果如何"
于是便翻到其诗
所在的页码
诗如其人
很坏的诗
只听嗖地一声
那是我拔剑而出
只见寒光一闪
那是我横着一挥
有人便身首异处

无题_205

在肉食店
我对卖肉的说：
"伙计，来个肘子！"

他朗声答道："好哩！"
遂右手举刀
照着自己左手
一刀砍下
丢进我的筐子

我自筐中
捡起其手
发现那不过是
一截假肢

还有更叫我纳闷的
交款之后
收银台的电脑
打出的收据是
品名：手套
价格：3元

无题_207

夜里

我梦见地狱

梦见鬼

所谓地狱

所谓鬼

不过是

豆腐渣做的人儿

在豆腐坊里干活

无题_208

今夜长安大雪
意识里抱着
红泥小火炉的人
其实是靠着暖气片
窗外雪花飞舞
仿佛棉花盛开
大地盖上厚厚的棉被
令我感到温暖
我想：这时候
谁也别想把我叫出去
可就在这时候
在午夜过后的寂静中
电话忽然响起来
电话里的人儿
成功地将我叫出去
并非现实中的朋友
而是传说中的敌人
在长安有故事的雪夜

无题_209

在某个时刻
我挺佩服我儿子
他的表情简直可以
称作从容淡定
他的动作完全可以
称作引而不发
就把事情搞定
活像一个大师
那是在他开启
可乐瓶的时刻
不像我
每次盖子尚未拧掉
那褐色琼浆
便吱吱吱地
奔窜溢出
搞得一塌糊涂

无题_210

我在书房写作、上网
父亲在客厅看电视
这是近期以来
家中最常见的景象

唯一的声音来自电视机
噢，还有我的老父亲
这辈子无改的乡音——重庆话
时而自言自语
时而与电视里的人物对话
就像此时此刻
他对着凤凰台那个留仁丹胡的
时事评论员唾骂道：
"胡说八道！你懂个屁！"

书房里的我
先是噗嗤一笑
继而鼻子一酸
忽然站起身来
冲动似的

冲出书房

冲向客厅

网上跟帖般

对其附和道：

"他就是懂个屁！"

"我不是在跟你说话。"

父亲目不转睛地盯着电视

心不在焉地应付我

无题_211

这是我所受过的

最隐秘的侮辱之一

（所以该把它记下来）

十年前

我在一家杂志社

做兼职编辑

干得很好

升任主编

深得老板器重

便与之走得有点近了

甚至是过于近了

某日老板外出

命我随行

让我伴驾

在某景点

他装作不经意

却又语重心长地

对我说：

"你聪明绝顶

切莫做杨修！"

无题_212

少不读《水浒》
老不读《三国》
那就搁在中年读
也许会少中点毒
招安未得好归宿
三分天下属无奈
英雄好汉刚对我来点感召
架不住父亲在客厅一声叫
"足球赛开始了！"
便将我拉了出去

无题_213

你说我总是充满着

斗争的激情

我不置可否

因为正在读一篇

中国诗人妄议索德格朗的文章

提到这位芬兰女诗人的结核病

文中写道："伟大的疾病

造就了伟大的诗人！"

够了！我可以回答你了

是的！我从来不缺少激情

我的一生就是要与这些

时刻包围着我们的

无处不在的貌似神圣的谎言

我们那管不住要说谎言的嘴

斗争

无题_214

半夜溜出来的浓雾
吃掉了早晨的城市
放心！雾比城有信
到中午就会吐出来

无题_215

十月一，送寒衣
这天夜里父亲和我
顶着寒风来到大路口
给故去的亲人送寒衣

点火焚烧的三套纸衣
是送给祖父、祖母、母亲的
还有各种面值的冥币
在冬夜的寒风中烧得奇快

父亲感觉到了快
说："他们缺钱用了！"
我则一言未发
一边烧一边在心里默默祈祷

那夜之后
我们家的每个人都好事连连
包括远在美国的妹妹
终于拿到了盼望多年的绿卡

父亲说："这是天上的亲人
在保佑着我们！"
我相信这种说法
或者说愿意这么认为

无题_216

吃午饭时我惊讶地发现

父亲搞不清妹妹的国籍

当爹的搞不清女儿现在是哪国人

我如果不是看见过妹妹

加拿大护照的复印件也搞不清

十年前是父亲亲手将妹妹

办到加拿大去当移民的

现在他竟然以为妹妹只是

拿到加拿大的绿卡

还属于中国的侨民

后来妹妹又闪电般

从加拿大去了美国

并在那里生儿育女

孩子落地生根

自然是美国籍

妹妹身为两个美国佬的娘

被准许在该国永久居住

也就是拿到了绿卡

她的国籍还是她

没怎么住过的加拿大

在我的帮助之下
搞清楚这些之后
父亲有点扫兴有点尴尬有点疲惫
早早离席回屋睡午觉去了
我则在午睡前
从抽屉深处翻找出自己那本绛红色的
中（华人民共和）国护照看了看
午觉睡得很踏实
大诗人马虎不得

无题_217

在超市里

奶粉货架上

又见秦俑牌奶粉

令我会心一笑

想起十四年前

儿子刚生下来

我常在此处

徘徊复徘徊

那时虽然穷

却坚决不买此等

本地产的便宜货

心说：对不起

我怕我儿吃了你

越长越像秦俑

那时虽然穷

我还是勒紧裤带

为他买最贵的进口货

瑞士奶粉贵如瑞士表

倒不是为了让他

长得像欧罗巴人

会心一笑

会心一笑

我的诗抑或诗

不过就是生活

重压下的会心一笑

无题_218

我在书房写作

妻在卧室看书

儿子在其房间写作业

父亲在客厅看电视

电视机的声音好大
响彻所有房间

我想提醒父亲
几番下不了决心

他那一对中国人民解放军
前炮兵排长的耳朵啊
基本上是一对残疾儿

父亲的大耳朵耷拉在客厅地板上
比电视还大就像客厅那么大

据说是有福的但就是不管用
仿佛达利的表盘那么软

我忍受着电视的噪音
我想：我若是连这个
都忍受不了的话
在这世上
就没有什么可以忍受了

啪的一声——电视关了

无题_219

她是邻家的女孩

和我同岁

和我在同一所保育院里

床挨着床睡

她长得好看

就是红苹果的脸蛋

有块明显的白斑

大人说那是虫斑

说明她肚子里

有蛔虫寄生

幼儿园的王大夫

给她开了一种打虫药

名字很好听

叫作宝塔糖

她吃后不久便迎来了

下面这个时刻——

她能说会道

故事讲得好

午睡起床后

她给我讲鬼故事

讲得我头皮发麻

后背直起鸡皮疙瘩

老觉得窗上有鬼影

一晃而过

就在此刻

一条白色的蛔虫

从她开启的口中

爬了出来

像一截被吐出来的

完整的面条

掉落在地

蠕动不已

被我伸出脚去

两脚踩死

她吓得哇哇大哭

瑟瑟发抖

面无人色

像个纸人

从此以后

她见我就躲

越长大越羞涩

到了今天

我才恍然大悟

我们青梅竹马

后来却无故事

就是这事儿闹的

无题_220

"为何朋友的朋友
多为我敌人
而我的朋友
多为他们的朋友？"

"因为你比他们强！"

无题_221

一只透明塑料桶装的二锅头酒

被放在前面那辆小推车

满载货物的最顶端

在超市里

我对手推这辆小推车的瘦男人

佩服地望了一眼

我总是佩服比我能喝的主儿

总是佩服在生活中

比我陷落更深的人

身为一名被改造好的知识分子

我总是很佩服劳动人民

在收银台前

替瘦男人结账的是一个胖女人

（我判断：她是他老婆）

之后二人并肩而行

一起推着小推车向外走去

胖女人边走边骂

连尾随其后的我都听明白了

她在抱怨他买了那桶酒

瘦男人任其责骂一声不吭

再一次激起了我的佩服

这时候我已经暗自决定

要为他写一首诗了

(偏左的颂歌)

我们仨一起来到超市门外

天色已经黑下来

胖女人仍然喋喋不休骂不绝口

这时——在毫无预兆的情况下

瘦男人忽然像猴子般一跃而起

将胖女人踹翻在地

将我心中的那首诗

踹成现在这个样子

(偏右的批判)

无题_222

我怀念那场球赛
并不是因为它
踢得有多精彩
有出众的球星
或漂亮的进球
我怀念那场球赛
是因为体育场外
一幢高高的居民楼
高过了看台
楼顶上黑压压的
聚了好多人
在看场内的比赛
还有一棵高大的树
树上爬满了人
像猴子一样吊着

无题_223

在返回的校车上
她坐在那儿
宛若淑女这娟秀的两字
被绣在一块花帕上
我想：她是某系教外语的
青年女教师吧
拿了博士来校任教的那种
令我心中起了化学反应的
是她手中一份
今早刚出的《体坛周报》
坐在一旁的我观察到
她一直在埋头阅读欧冠专版
读得十分专注
专注得有些动人
哦，远在天边的欧冠奖杯
此刻在我眼中幻化成
东方淑女的发髻云冠
令我很想与之攀谈
很想——这种欲望
折磨了我一路

在此老掉牙的长安城中
找一个人侃球
比找一个人聊诗
更加困难

"还是算了吧"
我对自己说
"不要节外生枝"
当我第三次对自己说时
我的站到了
最后我深情款款
望了她一眼
然后下车
然后回到家中
拿出本子拿出笔
写下这首诗
然后怔怔地想
我是不是老了？老实了？
不，打小就这样

无题_225

我更崇拜挪威探险家阿蒙森

与其说我更崇拜 No.1

不如说我更欣赏他的方式

不是像其英国对手斯科特那样

用矮种马拉雪橇

驮着辎重去南极

而是用狗群

轻装上阵

在返回途中

将立功的狗儿

逐个杀掉

吃狗肉活命

我更欣赏海盗的后裔而非绅士

无题_226

我家附近有个
25 小时咖啡馆
这个名字
对我充满诱惑
让我老想去坐坐

好像去一次
就会多赚上帝
一小时
终于还是忍住不去
类似忍住不去买彩票

这番真理我懂
上帝爱每个人
他赐予我们的好运
均摊、有限
叫我不敢乱使

得留到节骨眼儿上

无题_227

那年巴萨的战绩

跟现在没法比

老被皇马这艘

重金打造的银河战舰

撞翻

那年我为生计

老在报上写球

去电视台侃球

就是在电视台的一档节目中

一个又高又胖的主持人问我

"诗人，欣赏哪支球队？"

我脱口而出："巴萨！"

他有点吃惊："为什么？"

我扳着两根指头大言不惭：

"一、进攻；二、艺术。"

与真正的内行相比

对于球我懂个球

我振振有词

说的是诗

无题_228

在黎明前
最黑暗的时刻
在伸手摸到两手
黑漆的黑暗里
有人高举起双手
向上伸展着脖子
这世界便响彻了
雄鸡的啼叫
一唱雄鸡天下白

无题_229

家中来了

一个小孩

电视便锁定

卡通片

大人们

也肃静下来

哦，这一定

是人类

最伟大的发明

他们

为了自己的幼崽

让画片儿动起来

无题_230

亲戚在一家大国企任职
他的工作就是满世界跑
推销我大中国的手机
过年到我家来时
送我赤道几内亚产的咖啡
我一直在喝
今天他又到我家做客
我借花献佛
用他送的咖啡招待他
我说："这咖啡真好
我能喝出赤道骄阳的味道"
这个理工男实在不解风情
执着纠正道：
"姨父，对不起
我记错了
这咖啡是黎巴嫩产的"
我尴尬不已
难道赤道骄阳的味道
得变成真主党火箭炮的味道
我知错了

但这个执拗的理工男
还不肯放过我
他呷了一口咖啡
咂吧咂吧嘴说：
"姨父，你太诗人了
这咖啡就是多了一点
生姜的味道"

无题_231

我把我
最好的语言
留给了
我的诗
我的讲课
回到家中
语焉不详
词不达意
结结巴巴
吞吞吐吐
我的妻子
因此而怀疑
我的语言天赋

我希望且相信
除此之外的人
是反过来的

无题_232

每每想起 1997

母亲离去之年

竟然想起一堆

碎玻璃似的

幸福的瞬间

一朵小花的开放

一首小诗的发表

都让我产生一种

幸存者才有的幸福感

哦，那是疗伤的过程

是一具行尸走肉

在一点点苏醒

无题_233

1983 年的马拉多纳

健美、精干

带球生风

在伯纳乌

过掉后卫

过掉守门员

推送空门

赢得死敌球迷的

一片掌声

我的偶像

尚未吸毒

血液纯净

在我发表处子作的

那一年

无题_234

上午
我们抵达某学院
下午讲座的主题是
"新诗百年漫谈"

主持招待午宴的
中文系主任吴教授
说他近期发表的论文是
《论诗歌语言的粗鄙化》

我忽然意识到
他们请错人了
再也不敢动一筷子
桌上的香酥鸡

无题_235

上世纪 90 年代

在单身宿舍

冷冰冰的冬夜里

我从收到的无比

精美的台湾诗刊上

看到台湾诗人们

在五星酒店用餐

在榻榻米上聊诗

非常羡慕

心向往之

现在一点也不

因为他们

没有念诗

无题_236

他满脑子

上世纪 80 年代

庸俗的"精英意识"

在小小的诗坛上

唯名人是交

唯官人是交

唯富人是交

结果

把自己成功地

摆放在一帮

诗歌下岗工中间

一脸吃屎的表情

无题_237

昨天我们一行人

去西安翻译学院

开办诗歌讲座

到达学院所在的

翠华山下

我在正写的长篇小说

《中国往事2》中

刚提及翠华山

主人公伍文革

本班春游未去

（因故被班主任吊销资格）

后随丹青社画友们

去了南五台之

老子讲经台写生

我向同行者

透露了这个

情节和细节

渊博的秦巴子

摇头晃脑

纠正我道：

"老子讲经台

不在南五台

而在楼观台"

今天上午

我打开电脑

赶紧改过

我的小说理念是

情节虚构为佳

细节真实为妙

无题_238

家门上的锁子
总有坏的一天
这一天
家变成了监狱
我和妻
被锁在里面

开锁匠是个
健谈的小伙
他嘎嘣一下
就打开了
坏死的锁
他的警世之言
叫人直冒冷汗：

"你看
你们家门上
贴了多少

换锁的小广告

请记住

每一个换锁者

都可以打开你家门"

无题_239

这种较劲

抑或较量

从未停止

随时发生

不是你要找他们的事儿

而是他们在时刻盯着你

如果你率先指出这一点

罪名就是自作多情

那一年你去额尔古纳

飞机落在海拉尔机场

在你所见过的

中国最小的机场上

你看见了三百六十度的地平线

是你平生唯一的体验

后来在诗会上发言中

你说出了这番感受

邻座一位知识分子诗人

真有心啊

在其非驴非马的文字中

以典型的北大式轻浮

回应你说

他的诗歌

从不缺少地平线

多年以后

你读到了这段文字

你在心里

向他竖起一根中指

又过了多年

还一直竖着

他的文字已经非猫非狗

无题_240

知天命之年
我本来就没少写的诗
忽然写得更多
比以往任何时候都多
甚至比胡乱写的
习作期都多
为什么呢?
经过总结
原因有二
一是生产工具换了
我学会了用手机写
任何灵感都不放过
二是写作姿势变了
我老用抽大烟的姿势
斜躺在床榻上写
真是舒服极了

无题_241

吴雨伦

手机坏了

充不了电

拿到校内修理部

去修

须换主板

索要六百

小吴大怒

一气之下

回到宿舍

从自己的电脑脸侧

取出无用的

父亲芯片

换成母亲的

重返修理部

毫不动气

三言二语

将那六百

杀成三百

成交

无题_242

最近我爱用"无解"一词
来总结生活中的诸多人事
譬如：吴雨伦爱演戏
不是在生活中演戏
而是登台表演
寒假里他常常脱口而出
某段经典的话剧台词
显示出旺盛的表演欲
是遗传的吗
大学时代
我虽演过戏
但并不爱演
其母亦如是
我们记得他小时候
上小学那阵子
在舞台上
连作为背景的一棵树
都演不好
如今却已参演过
几部话剧
有一部还是主演

无题_243

我最喜爱的球队
是巴塞罗那
我曾为它写过诗

我最喜爱的球场
是情歌球场
我曾为它写过诗

今晚我必须
再写一首诗
利用中场休息

为巴塞罗那
做客情歌球场
挑战黄色潜水艇

无题_244

世界诗歌日

全天都有课

课堂上讲

雅克·普雷维尔

颇受学生欢迎

中午走进

教师餐厅

只听有人

窃窃私语：

"瞧！诗人来了！"

我的头

顿时像龟头般

举了起来

无题_245

不对劲的人

无须任何矛盾

甚至毫无摩擦

自会与你

渐行渐远

因为你太正

并且

实在是太棒了

无题_246

去年

也是阳春三月

我在维也纳

目睹一个

头戴黑色犹太帽

身穿一身黑袍的青年

穿过城中心

神情坚定

大步流星

朝着钟声大作的

前方走去

我的目光

追随其背影望过去

作为一个

打小学过画的人

我通过透视

目睹了有生以来

所见过的

最纵深的风景

一条古老的石子路

向下，通向远方
我看不见的教堂
我不会为了反文化
而将上述感觉
还原为零
也拒绝文学的典型性
这位犹太青年
是不可以替换的
他不代表别人

无题_247

网上的诗人

把体制内有官位的诗人称作

王主席、张主编、李老师

把体制外有名气的诗人称作

王老、老张、李爷

把有钱有势的诗人称作

王总、张总、李总

把无权无钱无名的诗人称作

你丫、你狗日、你他妈的

无题_248

我通过《新诗典》
这个最大的平台
推出过不少诗人
其中有些人
得到公认和热爱
诗坛的公认
粉丝的热爱
诗坛和粉丝
甚至很激动
反应亦相同
带走诗人和诗
抹去《新诗典》
抹去这个可恶的
名字——伊沙
他们振振有词道：
"没有你的推荐
这诗照样发光"
哦，我听见
浮土和烂泥在歌唱：
"金子金子
自会闪光"

无题_249

电视剧的男主角

是 1980 年代

下海的弄潮儿

改革开放初期的小老板

手执黑板砖般的大哥大

接起电话来如喊山

男主角立马变成男丑角

正剧顿时转喜剧

看得我哈哈大笑

哦，我看明白了

被那些过气老诗哥

圣化为诗歌盛世的

1980 年代

就是这么一只

可笑的大哥大

无题_250

在我微信朋友圈里

有个不认识的"朋友"

喜欢指导我写诗

我每写一首新作

他（她）就拿过去

将句子稍微倒一倒

然后说：

"若我写这首诗的话

可能会写成上面这样

班门弄斧一下

想必伊老师不会在意的

（仅供参考！纯属交流！）"

我一直没有删他（她）

无题_251

机场吸烟室的
点烟器坏了
我好心
将我的烟头
送给一名
正在点烟的
乘客
他一惊
后撤一步
摇头拒绝
继续与
那个瘫痪的
点烟器
亲嘴

无题_252

这是第二次了
老外请我来北京
参加国际文学节
我有一腔
出了一口恶气的
快感
我相信
任何一个
外省诗人
被邀请来
都会有
这种快感
但是与你们不同
我会把它写出来

无题_253

说起来

这是我

首次来到

禁烟令执行后的

伟大首都

中午

在一家美国烤肉馆

用餐

对面坐着一位

瓜子脸倍儿清纯的

少女

明目张胆

吐云吐雾

还吐了一个

飘飘忽忽的烟圈

朝我这边飘过来

哈！这就是

我心目中的

北京大妞

"牛逼！"

我心说

开始对付烤肉堡

无题_254

老书虫文学节

是外国某机构

在中国举办的

国际文学节

我应邀出席

登台朗诵

读我诗的原文

会方安排了

一位美国黑妞

读维马丁英译文

朗诵《在美国使馆遭拒签》时

我忽然有点惭愧

因为其中有一句：

"那个学芭蕾的美少女

也被另一窗口的黑女人拒签"

我满心惭愧

是我怕伤害了这位

为我劳动的黑妞

我知道西方人

都很讲究很敏感很脆弱

不许有丝毫歧视的嫌疑存在

（我曾称之为"文明病"）

多年以前

我曾在一首诗中

写到"犹太人的软"

而被澳洲某刊封杀

现在朗诵

已经结束了三小时

我还为此而惭愧

"忘掉这件事吧"

我对自己说：

"你要开始写诗了

必须心无挂碍

六亲不认"

无题_255

昨晚在老书虫——

北京最大的英文书店

与外国诗人朗诵之后

出现在现场的

唯一的同胞诗人李茶问我

有没有为写作焦虑的时候

我一下子上溯到 1986 年秋天

同年级的张惠雯同学

带来一份她订阅的《诗歌报》

"两报大展"上的先锋诗

让我这个校园级的诗人

深受震动

自惭形秽

焦虑成马

心急如焚

急起直追

两年以后

当李树权同学（诗人桑克之前身）

将一巨册"红皮书"

带到我们上课的教二 101 教室

我看完之后心平气和

因为已经写出了

《车过黄河》

无题_256

与意大利翻译家
莫言的意语译者
李莎女士
聊起了足球
她是罗马人
我便聊起罗马队
聊起"罗马王子"托蒂
三十九岁
竟然又签约了

"我们意大利人踢足球
是不是比较讲究艺术？"
李莎女士问道
哦，看来没必要
在这个话题上再谈下去了

无题_257

我在北京
看见网上有标题
《西安街头堵飞机》
我故意不点开看
故意不弄明白
究竟是怎么一回事
不是非要跟标题党
对着干
绝不让其得逞
只是有时候
诗意是这样被保护的
事实是你心中的事实

无题_258

伊沙："你译过莫言

　　　　也译过诗

　　　　莫言难译

　　　　还是诗难译？"

李莎："当然是诗难译

　　　　诗是最难译的。"

无题_259

十年前

唐欣从兰州移居北京

十年来

我每次到京

如果时间宽裕

老唐都会建议我

去某个地方转转

然后亲自陪我去

十年下来

我们一起游览了

北京的不少地方

我知道

这是老友的待客之道

这让他到现在

都不像个正宗北京人

老唐今年五十有四了

我估计他这辈子

也就这样了

一个住在北京的外省人

无题_260

凌晨一点半

北京也不好打车

终于等来一辆

司机对我目的地向东

有所不满

他想拉最后一趟

然后回到房山家中

睡觉

"丫头!"

他一声大叫

吓我一跳

原来是对着

架在方向盘边的手机

在喊:"丫头!

你老公睡了吗?

他要睡了

咱俩赶紧调调情

……没睡!不方便

那算了……拜拜!"

"这丫头……"

哦，这回他才是冲我说

"原来是我对象

嫌我太穷

嫁给大兴一土豪

啥鸡巴土豪

就是个农民

分了不少地

她嫁给他以后

还偷着跟我好……"

他光顾讲他的故事

错过了一个

应该拐弯的路口

多上了一座立交桥

到达后

他要少收我一块钱

我不让

这世上还有倾诉狂

这世界真不算太坏

无题_261

在老书虫国际文学节上
与我对谈的
韩国女诗人姓韩
长得也很韩
气质也很韩
说话也很韩
语气也很韩
她说：韩语中有敬语
（我想象就像汉语中
有时会把"你"说成"您"）
用的场合与时间很讲究
譬如一夜情时
上床前用敬语
下床后就不用了
说的是男人
女人不论上床前
还是下床后
都会用

哦，我们在文学中
可曾写到如此细微
口语诗人们写到了

无题_262

那天晚上的朗诵会

诗人们自诵其作

重复率最高的

一个词是

黑暗

黑暗

黑暗

黑暗

黑暗

黑暗

黑暗

黑暗

黑暗

黑暗

活生生把它

用成了一个

俗不可耐的词

等而下之

意识形态化的

对抗写作者

高兴了

无题_263

总是有人

新发现我

他们像地下的石油

汨汨冒出

黑着嘴唇

一惊一乍

仿佛发现新大陆

他们不晓得

本大陆心下黯然：

靠，你们生的也不晚呀

怎么才发现

无题_264

"师傅，要洋妞不？
俄罗斯的？"
夜幕降临
出没在三里屯一带
满嘴高粱花子的
皮条客
不能证明你就是
国际大都市
北京
但是在老书虫——
你最大的英文书店里
当我看到
那么多国家的诗人
被中外合资请来
只为在你的怀抱里
朗诵一首诗
甚至还有毛里求斯诗人
我才觉得
你是东方的亚洲的中国的
名符其实的
国际大都市

无题_265

与美联社记者

秘鲁女诗人莫沫

在老书虫见面

预约的时间是

下午三点二十分

对方是位女士

我想应该先到才是

便在午睡前

将手机闹钟

设定至三点三十分

人是有生物钟的

没等它闹

我准时醒来

如厕

沐浴

签书

抽烟

把这些事做完

看看手表

已经三点二十分了

我忽又想到

与莫沫见了面

再把四至六点的

对谈搞完

再推荐诗

就有点晚

便提前将上午备好的

推荐内容发出去

我离开宾馆房间时

已经三点四十分了

后来我再未看过表

反正已经迟到

见到莫沫女士

我十分抱歉

却来不及解释

没说几句话

对谈开始了

通过此事

我反思自己

多年以来

与人约会

迟到率实在不低

但一般都是这种情况

态度重视

准备充分

事到临头

却惹出一摊事

搞得自己

手忙脚乱

心情焦躁

最终迟到

在这方面

我是一个低能儿

对不起

朋友们

多年来

我欠你们

一个道歉

无题_266

啥叫二线城市

西安十五年才能赶上

一场国足的比赛

上一场我在现场

10：1 胜马尔代夫

最终冲向世界杯的

唯一的一次

这一场就在今晚

我半年前就蓄谋着

要到现场看

还想把儿子从北京

叫回来同看

可是半年来

这一路吃屎的战绩啊

让今晚对卡塔尔的比赛

即使赢了

还得看人脸色

还得算算术题

我还是不去了吧

守在电视台前

看看长安的千年鸿运

能否罩得住一群国猪

无题_267

一些朋友
总是替我打抱不平
我庆幸他们的不平
总是多过我本人
事实上
我很少为自己鸣不平
对自己在世俗上的得到
已经很满足
因为在那一年
当我从北京
乌鸦翻飞的
铁狮子坟后撤
悄然潜回我的长安
我只想做一个
写得最好的
地下诗人
很早以前
我就做到了

无题_268

近年诗坛上
重复率很高的一个词组：
"安静的诗人"
我注意到：爱用它的人儿
都是些爱吵吵的诗人

无题_269

阳春三月我写疯

诗朝百首绝尘而去

下班回家的老婆说：

"快别写了

太桑眼了！"

她有资格说点什么

她是我

几乎全部写作生涯

最近距离的见证者

从未见过月写近百

却用了如此奇葩的评价

"桑眼"系关中方言

有贪婪而失态之意

一般用于一个人

面对美食的时候

无题_270

多年来

我每周

睡得最香的一觉

是在全天有课的中午

在教研室的破沙发上

与几代虱子同床共枕

这件事

严重修正了我的

幸福观

无题_271

我是好人
面对故人
我一次也没有
吐出这句心里话：
"多年不见
你怎么写得
这么差了？"

无题_272

启程登机时
舷梯上
可以自取报纸
我见是《环球时报》
掉头而去

入住酒店时
走廊口
可以自取报纸
我见是《环球时报》
掉头而去

这报纸
办得真牛
让我不过眼
不走脑子
动作自见

无题_273

北方的春天
是怎么来的

内陆腹地
大地之子

一节一节
啃出来的

就像
啃甘蔗那样

春耕的土地
布满齿痕

无题_274

可人的小女生
一定是伪诗的
好帮凶
观其微信
果不其然

无题_275

今天上午
我走到户外
街上的景象
令我惊喜
掏出手机
连拍数张
但都拍不出
那种效果
现在回头
指望文字
拜托诗歌：
杨花漫天飞舞
比雪花的轻功
还要好
被诬为"水性"的
杨花

无题_276

写字时你手中的笔

是便鞋

顶多是跑鞋

书法时你手中的笔

必须是

舞鞋

无题_277

多少年来
每次我写多时
网上都会出现一个人
去抱一生只写了
两百首诗的
特朗斯特罗姆的大腿
虽然他们不是一个人
上一个人有可能
是这一个人的爹
虽然他们抱住的
只是托马斯的轮椅
或骨灰盒

无题_278

黄昏时分

小区里

孩子们的欢叫

从我书房窗口

传入我耳中

此起彼伏

有孩子欢叫的

世界总是好的

我对间隔的静

反倒很不适应

耳听这静

耳听这静

耳听这静

直到从这安静之中

听出我童年的小伙伴

纷纷跳出来

呐喊着"打倒"

也同样是快乐的

无题_279

在写诗上

我是唯灵感派

我绝不在

无灵感时写

我知道

那会令我

元气大伤

玩得多了

武功全废

但不妨碍

在某些瞬间

我硬想过

那种感觉啊

就像太监

梦想娶媳妇

无题_280

"靠一帮孩子
你什么都赢不了"

这话像哲言吧
中国文青最爱的小酷哲言
不过是英超史上
一句著名的笑话
曼联92班初登赛场连败之时
一位天空电视台的名嘴
竟敢如此教训弗格森
于是他便在不朽的教头面前
沦为永远的笑话

前几天
我对儿子又讲起这个典故
在他写的第一个电影剧本被人嘲笑之日

图书在版编目（CIP）数据

无题/伊沙著.—杭州：浙江文艺出版社，
2016.12
（伊沙诗集）
ISBN 978-7-5339-4733-0

Ⅰ.①无… Ⅱ.①伊… Ⅲ.①诗集-中国-当代
Ⅳ.① I227

中国版本图书馆 CIP 数据核字（2016）第 288686 号

责任编辑：闻 艺
特约监制：李淑敏
特约编辑：李柳杨
封面设计：周伟伟

无题

伊沙 著

出版发行 浙江文艺出版社
地 址 杭州市体育场路 347 号 邮编 310006
网 址 www.zjwycbs.cn
经 销 浙江省新华书店集团有限公司
印 刷 河北鹏润印刷有限公司
开 本 889 毫米 ×1194 毫米 1/32
字 数 179 千字
印 张 12.25
插 页 2
版 次 2016 年 12 月第 1 版 2016 年 12 月第 1 次印刷
书 号 ISBN 978-7-5339-4733-0
定 价 59.00 元

伊沙诗集

磨 铁 读 诗 会